COMO FAZER A GUERRA
Máximas e pensamentos de Napoleão recolhidos por

HONORÉ DE BALZAC

NAPOLEÃO

COMO FAZER A GUERRA
Máximas e pensamentos de Napoleão recolhidos por

HONORÉ DE BALZAC

Tradução de Paulo Neves

www.lpm.com.br

L&PM POCKET

Coleção **L&PM** POCKET, vol. 435

Texto de acordo com a nova ortografia.
Título do original: *Maximes et Pensées de Napoléon*

Primeira edição na Coleção **L&PM** POCKET: agosto de 2005
Esta reimpressão: janeiro de 2014

Tradução: Paulo Neves
Revisão: Jó Saldanha, Renato Deitos e Lia Cremonese
Capa: Ivan Pinheiro Machado sobre obra de Jacques-Louis David (1748-1825) *Napoleão Bonaparte subindo o monte Saint-Bernard.*

ISBN 978.85.254.1435-9

N216c   Napoleão I, *Imperador da França*, 1804-1815
         Como fazer a guerra: máximas e pensamentos de
      Napoleão / compilados por Honoré de Balzac; tradução de
      Paulo Neves – Porto Alegre: L&PM, 2014.
         128 p.; 18 cm. (Coleção L&PM POCKET)

         1.Literatura francesa-Máximas-Ditos-Pensamentos de
      Napoleão. 2.Bonaparte, Napoleão – Máximas-Ditos-Pensamentos.
      3.Balzac, Honoré de, 1799-1850, comp. I.título. II.série.

CDU 821.133.1-84

Catalogação elaborada por Izabel A. Merlo, CRB 10/329.

© da tradução, L&PM Editores, 2005

Todos os direitos desta edição reservados à L&PM Editores
Porto Alegre: Rua Comendador Coruja 314, loja 9 - 90220-180
Floresta - RS / Fone: 51.3225.5777

Pedidos & Depto. comercial: vendas@lpm.com.br
Fale conosco: info@lpm.com.br
www.lpm.com.br

Impresso no Brasil
Verão de 2014

INTRODUÇÃO

Balzac e o imperador

Voltaire Schilling*

Nas suas contumazes escapadas dos credores, Honoré de Balzac, um eterno endividado perseguido por letras vencidas, conseguiu alugar, em 1828, uma pequena e modesta vila na saída de Paris. Recorreu a um nome falso para assinar o contrato. Era um ponto estratégico situado entre o Observatório e um convento, o que permitiria a ele, em caso de extrema necessidade, saltar o muro dos fundos e ganhar o campo para desaparecer. Nessa nova moradia, uma das tantas em que ele viveu, condenado àquela vida de cigano fujão, colocou sobre a caixa que guardava os seus arquivos um busto de Bonaparte.

Prometera a si mesmo, naquela ocasião, inspirando-se na impressionante aventura ensejada pelo general corso, "reconquistar a Europa com a pena de águia ou de corvo". O que Napoleão fizera com o seu exército, submetendo o continente inteiro à sua vontade, ele se predispôs a fazer com

---

* Voltaire Schilling é historiador e professor.

seus livros. De fato, *A comédia humana* (*La comédie humaine*), obra composta ao longo de vinte anos (de 1830 a 1850), dedicada a cobrir as mais vastas e variadas diversidades sociais e culturais da França de então, atuou como a *Grande Armée* de Napoleão, arrebatando milhares de leitores em todas as partes do mundo. Fato que permitiu a Balzac, quando então escritor famoso, realizar inclusive uma "campanha da Rússia", pois graças às suas novelas conseguiu seduzir uma aristocrata russa, a Madame Hanska, *née* Rzowuska (que, enviuvada, tornou-se a sua esposa em 1850, mesmo ano da morte do escritor).

Seguramente foi o exemplo de Napoleão, um sujeito que saíra do nada, nascido numa ilha selvagem para alçar-se senhor do mundo, que lhe serviu de farol e modelo. A ele e a tantos outros escritores daquele século. Aquela soma de audácia e vontade inquebrantável que imanara da presença do general fez com que Balzac, aspirando à mesma fama, se tornasse um escritor-fábrica voltado exclusivamente para a produção de livros. Trabalhador incansável, movido a doses cavalares de café fortíssimo que ele mesmo gostava de preparar, enfrentava jornadas dignas de um condenado às galés.

Do mesmo modo como o jovem tenente Bonaparte, ainda nos seus tempos de anonimato, sonhava com as pirâmides do Egito ou em reproduzir as façanhas de Alexandre, o Grande, ou de César, a imaginação de Balzac, que deu seus primeiros passos escrevendo literatura do tipo "B", o empurrou para voos cada vez mais elevados. Ele se dedicou a conceber aventuras incríveis, criando um sem-fim de personagens que, segundo alguns peritos e especialistas no mundo balzaquiano, alcançou mais de dois mil tipos. A infantaria, a cavalaria e a artilharia dele foram suas novelas; o seu gênio literário fez as vezes de pólvora para lançar-se na conquista do mercado de leitores que se estendeu por grande parte da Europa.

Monumento literário inacabado, *A comédia humana* alcançou 26 tomos, compostos por 89 volumes de romances, contos e novelas. Nela, Napoleão, suas paradas militares ou suas batalhas aparecem como cenário de fundo de várias narrativas. O acampamento do imperador nas vésperas da batalha de Iena (1806) foi descrito em *Um caso tenebroso*; a batalha de Eylau, travada em 1807, é narrada no conto sobre o pobre coronel Chabert (*O coronel Chabert*), ocasião em que o personagem é gravemente ferido na cabeça, enquanto que a terrível e heroica passagem sobre o rio Beresina, quando o imperador retirava-se da Rússia em outubro de 1812, apareceu em *Adeus*.

O momento narrativo mais grandioso da presença de Napoleão na obra de Balzac dá-se no capítulo inicial da *A mulher de trinta anos*, quando o imperador, em Paris, passa em revista a *Grande Armée*, perfilada e alinhada, antes de ser lançada nas batalhas finais travadas na campanha da Alemanha de 1813. O vivo relato que o escritor faz das tropas enfileiradas no *Champs de Mars*, as fanfarras e o rufar dos tambores de guerra que anunciam ao povo e aos regimentos embandeirados a chegada eminente do grande homem, o silêncio respeitoso e a respiração em suspenso com que ele é recebido pela multidão, tudo isso, além de ser uma estupenda viagem no tempo, eletriza o leitor. Chega-se quase a ouvir o galope do belo cavalo branco do imperador, vestido com o seu capote cinza sem ornamentos e com o chapéu de duas pontas à cabeça, passando à frente das águias da Guarda Imperial e dos símbolos gloriosos das divisões militares que se curvam frente a ele.

Todavia, a reverência com que o general foi tratado por Balzac ao longo dos seus escritos não fez dele um bonapartista. Ao contrário, ele manteve-se sempre como um católico legitimista, quer dizer, um aderente da monarquia dos Bourbons, derrotada pela revolução de 1789, e cujo trono foi restaurado graças às baionetas dos soberanos estrangeiros depois da *débacle* de Napoleão em Waterloo, em 1815. Saltava aos olhos dele, porém, o fato de que a França alcançara suas glórias com o imperador e não com os medíocres e reacionários reis Bourbons – Luís XVIII e Carlos X – que o sucederam e com quem coube a Balzac conviver no período da Restauração (1815-1830).

Uma alma imaginativa feérica e borbulhante como a de Balzac não poderia jamais deixar de inclinar sua simpatia pela figura do imperador, de deixar-se dominar por aquela força da natureza que parecia levar tudo adiante, submetendo os homens e o destino à sua vontade férrea.

Portanto, nada de se estranhar que Balzac, leitor infatigável, tenha começado a coletar desde 1830 todas as frases atribuídas a Napoleão que conseguiu encontrar nos jornais, nas revistas ou nos livros de memórias dedicados ao imperador falecido. Quem patrocinou a edição das *Maximes et Pensées de Napoleón*, compradas de Balzac, foi um tal de monsieur Gaudy, um homem poderoso do bairro onde o escritor vivia e que estava atrás de reconhecimento público. Para o escritor também foi um achado, visto que embolsou um prêmio de quatro mil francos dado pelo governo do rei Luís Felipe. E foi assim que essas mais de quinhentas frases agrupadas por ele ganharam o mundo.

COMO FAZER A GUERRA
Máximas e pensamentos de Napoleão recolhidos por

HONORÉ DE BALZAC

Sumário

Prefácio de Balzac 15
O republicano e o cidadão 21
A arte militar 36
O soberano e o administrador 50
Experiência e infortúnio 89
Sobre lorde Castlereagh 107

Prefácio de Balzac

O autor deste trabalho deve admitir que seu único mérito consiste na paciência com que, durante alguns anos, examinou atentamente os livros públicos sobre Napoleão, a coleção do Moniteur *e os menores escritos em que a palavra deste grande soberano foi registrada. Outro mérito foi ter percebido a importância da obra que haveria de resultar e que está para Napoleão assim como o* Evangelho *para Jesus Cristo. De fato, este livro, que para muitos será um tesouro, teria perdido seu valor se os pensamentos de Napoleão tivessem sido publicados indistintamente. La Rochefoucauld* com certeza não publicou a totalidade das máximas que os acontecimentos, a vida e suas meditações lhe sugeriram. Ele escolheu, estudou, pesou, comparou as que nos ofereceu. No caso de Napoleão, temos que levar em conta que ele jamais pensou em formular uma doutrina. O subtenente refletiu e formulou pensamentos sem saber que seria no futuro o Primeiro Cônsul; o Imperador meditou sem prever*

---

* Duque François de la Rochefocauld (1613-1680), crítico da nobreza, publicou o contundente "Reflexões ou sentenças e máximas morais".

o desterro em Santa Helena. Assim, não foi uma tarefa fácil separar o homem de cada circunstância e captar seu verdadeiro pensamento através das contradições que o levaram às vicissitudes de sua vida.

Não havia como hesitar nessa escolha. Napoleão é uma das mais violentas e poderosas vontades conhecidas nos anais das história humana, e seu legado objetivo são as leis pelas quais construiu e manteve seu poder. Considerando o percurso do seu ponto de partida ao ponto de chegada e do trono ao túmulo, ele percorreu por duas vezes, em sentidos diferentes, toda a escala social. E como – neste verdadeiro épico – ele soube tudo ver e tudo observar, decidimos incluir aqui todas as frases importantes. Mesmo que estranhas à sua política, algumas delas nos parecem iluminar a fundo certas passagens da vida humana. Assim, cada um encontrará alguma coisa para seu proveito, tanto o mais simples homem do povo, como o mais qualificado homem de Estado, pois esse pensamento, afiado como uma espada, sondou todas as profundidades. O terrorista de 1793 e o general comandante foram absorvidos pelo Imperador, o governante seguidamente desmentiu o governado; mas suas palavras, que as diversas crises lhe arrancaram e que se opõem, mostram admiravelmente a grande luta em que esteve empenhado por toda a existência. Assim, muitas vezes, uma única frase desta coletânea descreve alguns momentos da história contemporânea bem melhor do que o fizeram até agora os historiadores.

Pode o livro do homem que pensa, depois de tudo feito, equiparar-se ao grito do homem atingido no coração? Que poesia a dor de Napoleão!

Todavia, foi necessário suprimir vários pensamentos que lhe eram comuns com grandes homens seus predecessores em política, e outros aos quais seu nome não tirava a vulgaridade. Mas apresentamos os que o Imperador repetiu com bastante frequência para imprimir-lhes a marca das circunstâncias. De certa forma, eles explicam, desse modo, seu gênio, suas opiniões ou seu poder.

Aos olhos das massas, este livro será como uma aparição, a alma do Imperador passará diante delas, mas, para alguns espíritos seletos, será sua história sob uma forma algébrica; nele se verá o homem abstrato, a Ideia no lugar do Fato. Não será uma das coisas mais singulares no destino desse homem que, após ter lutado tão vigorosamente contra as manifestações do pensamento e os críticos da imprensa, acabe transmitindo seu legado exatamente por um livro? Esta coletânea de aforismos será sobretudo uma relação dos poderes ameaçados; ninguém melhor que Napoleão teve o instinto do perigo em se tratando de governo. Cumpre reconhecer que ele foi franco e não recuou jamais diante das consequências. Ele glorificou a Ação e condenou o Pensamento.

Tal é, em duas palavras, o espírito deste testamento político. Assim, muitas destas máximas parecerão maquiavélicas, cruéis, falsas, e serão reprovadas por muitos que, no fundo, as considerarão como justas e de boa aplicação. Não é inútil observar que – como veremos nesta antologia de frases – Napoleão jamais se contradisse em seu ódio contra os advogados, os idealistas e os republicanos.

Não devemos aqui tomar partido a favor ou contra o legado que esse grande homem deixou à França. Não compete a ninguém defender ou acusar Napoleão. Basta fazê-lo aparecer à vista de todos: seu pensamento é toda uma legislação que será reprovada ou adotada, mas que precisava ser mostrada em sua fórmula mais sucinta; ninguém esquecerá que ela contém os segredos do maior administrador dos tempos modernos; se ela está em oposição direta com o espírito da França atual, essa vigorosa contradição era um motivo a mais para publicá-la. Napoleão considerou o governo responsável como impossível, e a liberdade de imprensa como incompatível com a existência do poder. Que favor prestado aos reis e aos ministros, que assim resolverão um problema que ele proclama insolúvel!

Resta uma palavra a dizer sobre as divisões que fizemos nesta massa de pensamentos, e cuja edição será, esperamos, bem compreendida.

Pareceu-nos possível determinar as máximas e as ideias que Napoleão concebeu antes de 18 de Brumário*, isto é, enquanto foi republicano ou cidadão, submetido a um poder reconhecido.

Depois desse primeiro bloco, pusemos juntos todos os pensamentos relativos à arte militar, que foi o segredo de sua ascenção e a força de seu império.

A terceira parte contém todas as ideias do soberano e as que ele forjou pelo exercício do poder ou sua organização.

Finalmente, a quarta reúne tudo o que lhe ditaram a experiência e o infortúnio, é o grito do Prometeu moderno.

Se Napoleão é notável em política, é por suas previsões sobre a situação da Europa. Hoje, seus maiores inimigos ou os que buscaram apequená--lo não poderiam discordar que o olhar de águia com que abarcava os campos de batalha atingiu os campos bem mais extensos da política. Hoje, a maior parte das suas previsões sobre os acontecimentos futuros da Europa e do mundo se cumpriu; quanto ao resto, os espíritos superiores não duvidam que irá se cumprir. Se demos o retrato de Castlereagh no final deste livro, é para nada omitir dos pensamentos que Napoleão deixou escapar sobre o futuro da Inglaterra. Convém observar que, ao

---

* 7 de novembro de 1799, fim do Diretório e começo do primeiro Consulado de Napoleão. (N.T.)

falar desse homem, Napoleão abandonou o tom de moderação com que julgou friamente, segundo todas as características da justiça e da verdade, seus maiores inimigos. Mas há algo de nacionalista em seu arrebatamento contra Castlereagh. Napoleão era eminentemente francês. Wellington é um acidente; Bathurst, um homem inepto e vil que ele despreza. Mas Castlereagh representa a Inglaterra inteira, é o inimigo da França. Sempre que Napoleão o surpreende em delito na sua vitória, ele exprime uma triste alegria: vê o futuro carregado de sua vingança; indica onde e como a Inglaterra perecerá. Os próprios ingleses devem ter reconhecido a perspicácia do grande gênio; o governo deles girou até agora dentro do círculo fatal onde o inscreveu Napoleão. Assim, a França pode dizer com orgulho que, do fundo de seu túmulo, Napoleão continua combatendo a Inglaterra.

H. de Balzac *(1838)*

O REPUBLICANO E O CIDADÃO

1

Há somente duas classes na Europa, a que quer privilégios e a que os repudia.

2

Se a obediência é o resultado do instinto do povo, a revolta é o resultado da reflexão.

3

Revolução é quando a opinião encontra as baionetas.

4

Uma revolução é um círculo vicioso: começa com excessos e, no final, volta a eles.

5

Os jovens fazem as revoluções que os velhos prepararam.

6

O maior republicano é Jesus Cristo.

7
Na revolução se esquece tudo.

8
Nos roubos coletivos, não há ladrão.

9
As leis são feitas para oprimir os fracos e proteger os poderosos.

10
Robespierre foi um homem honesto.

11
É raro uma grande assembleia raciocinar. Ela se move pela paixão.

12
É difícil assimilar a estabilidade de um chefe sensato. Os homens e os soldados querem ser insuflados pela paixão.

13
Os crimes coletivos não têm culpado.

14
As assembleias tendem a fazer do soberano um fantasma e do povo um escravo.

15

As grandes assembleias se reduzem a camarilhas. E a camarilha se reduz à vontade de um homem só.

16

O povo é capaz de julgamento quando não escuta os grandes oradores.

17

Se Luís XVI tivesse comparecido perante um tribunal contrarrevolucionário, ele também teria sido condenado.

18

Quando Luís XVI foi julgado, ele devia simplesmente ter dito que, segundo as leis, a pessoa do rei era sagrada, e nada mais. Isso não teria salvado sua vida, mas pelo menos, ele teria morrido como um rei.

19

Carlos I morreu por ter resistido e Luís XVI, por não ter resistido. Nenhum dos dois compreendeu a força da história, que é o segredo dos grandes reinados.

20

Um príncipe acusado por seus súditos não lhes deve explicações.

21

Os que se vingam por princípios são ferozes e implacáveis.

22

Todos os partidos são jacobinos.

23

Em matéria de poder absoluto, os gorros vermelhos foram mais longe que a monarquia.

24

Sem justiça há somente opressores e vítimas. E não há justiça durante as revoluções.

25

Hoje, mesmo os donos do poder se pervertem.

26

Durante a Revolução, os franceses nunca estiveram sem um rei.

27

Robespierre foi julgado sem chance de defesa.

28

Com a Revolução, todas as possibilidades foram abertas para os trinta milhões de franceses.

29

As lutas da Revolução enobreceram toda a nação francesa.

30

Nas revoluções, há somente dois tipos de pessoas: as que fazem a revolução e as que se beneficiam delas.

31

A primeira das virtudes é a devoção à pátria.

32

A aristocracia das grandes propriedades só era boa e possível no sistema feudal.

33

A aristocracia está no Antigo Testamento, a democracia, no Novo.

34

Os códigos impostos para a salvação das nações nem sempre coincidem com os códigos de vida dos indivíduos.

35
As paixões geralmente estão ligadas à tradição.

36
Os privilégios hereditários da nobreza tiram o estímulo dos nobres e burgueses.

37
O homem menos livre é o homem de partido.

38
Em negócios de Estado, recorrer aos estrangeiros é um ato criminoso.

39
Um partido político sustentado por baionetas estrangeiras está fadado à derrota.

40
Na França, a liberdade está na constituição, e a escravidão está na lei.

41
Jamais haverá revolução social sem terror.

42
A ambição do poder é a mais forte de todas as paixões.

43

Cada momento perdido na juventude é irrecuperável no futuro.

44

Um grande vulto sempre gera uma enorme lenda que só aumenta com o tempo. As leis, as nações, os monumentos, tudo vem abaixo. Mas a lenda sobrevive.

45

Aquele que pratica a virtude apenas na esperança de adquirir prestígio está muito próximo do vício.

46

O homem só deixa marca na história se tiver um forte caráter.

47

A razão de ser de uma metodologia de ação é ajudar a concepção, facilitar a memória e dar mais força ao pensamento.

48

A adversidade é a parteira do gênio.

49

As almas fortes se afastam das tentações assim como os navegantes evitam os rochedos.

50

O homem superior é impassível: enaltecido ou combatido, vai sempre em frente.

51

Não há força sem astúcia.

52

Na França, admira-se apenas o impossível.

53

É bem mais fácil mobilizar os homens por coisas absurdas do que por ideias justas.

54

As pessoas só acreditam no que é agradável acreditar.

55

Num pequeno círculo, os insignificantes podem se transformar em grandes homens.

56

A maneira de ser acreditado é tornar a verdade inacreditável.

57

Uma bela mulher agrada aos olhos, uma boa mulher agrada ao coração. A primeira é uma joia, a outra um tesouro.

58

A nobreza teria sobrevivido se tivesse se preocupado mais com as copas do que com raízes.

59

A maior parte dos que não querem ser oprimidos se torna opressor.

60

Na ciência, o mundo dos detalhes está por ser descoberto.

61

Quantos homens são destruídos pela sua fraqueza por mulheres!

62

Não cabem nem paixões nem preconceitos nos assuntos públicos. A única paixão permitida é pelo bem comum.

63

Um homem sem coragem nem bravura não é um homem, é uma coisa.

64

A convivência com o perigo e a violência ocupam menos o coração que as abstrações: por isso, os militares valem muito mais que os advogados.

65

De cem favoritos do rei, noventa e cinco são enforcados.

66

O amor é uma tolice feita a dois.

67

A nobreza teria sobrevivido se tivesse sabido utilizar a imprensa.

68

O exercício muito frequente da coragem a torna trivial.

69

A Europa não representa nada. Os grandes impérios estão no Oriente, onde vivem seiscentos milhões de homens.

70

A superioridade de Maomé foi ter fundado uma religião em que não há inferno.

71

No Egito, com uma boa administração, o Nilo vence o deserto. Com uma má administração, o deserto vence o Nilo. O gênio do mal e o do bem estão sempre frente a frente: isso é o Egito.

72

O deserto é um oceano onde se pode firmar os pés.

73

Se eu tivesse tomado São João de Acre [em Israel, junto ao Mediterrâneo], teria feito uma revolução no Oriente.

74

Pode-se matar os turcos, mas eles não serão vencidos.

75

Há somente dois países, o Oriente e o Ocidente. E dois povos, os orientais e os cidentais.

76

Sou dos que acreditam que as histórias de outros mundos só foram inventadas devidos aos poucos atrativos que temos neste nosso mundo.

77

Os homens que mudaram o mundo não o fizeram dirigindo-se aos chefes, mas às massas. Nada de intrigas, que não levam a lugar nenhum; toda a mudança tem a marca do gênio. Este sim muda a face do mundo.

78

Há somente duas alavancas para mover os homens: o medo ou o interesse; toda grande revolução deve se impor pelo medo. Os interesses postos em jogo não produzem grandes resultados. (*Este pensamento é, de certo modo, a demonstração do 41º.*)

79

O limite do governo democrático é a anarquia, a do governo monárquico é o despotismo; a anarquia é impotência, o despotismo pode realizar grandes coisas.

80

Não se fazem boas repúblicas com velhas monarquias.

81

Há tantas leis que ninguém está livre de ser enforcado.

82

Os partidos se enfraquecem pelo medo que têm das pessoas capazes.

83

Se os agressores não têm razão lá em cima, eles têm razão aqui embaixo.

84

Certas coisas só ficam bem feitas quando você mesmo as faz.

85

Na França, a salvação está no aniquilamento dos partidos.

86

Discutir numa situação de perigo é apertar a corda em volta do pescoço.

87

É preciso salvar os povos mesmo contra sua vontade.

88

O homem superior não se atravessa no caminho de ninguém.

89

Só conhecemos a nós mesmos quando enfrentamos o perigo.

90

Nada se fundou sem a espada.

91

Só se atinge o lugar mais alto quando não se sabe onde se vai parar.

92

Dizer de onde venho e quem sou hoje está acima de tudo o que eu poderia imaginar.

93

Um povo só se deixa levar quando lhe mostram um futuro. Um chefe é um mercador de esperança.

94

O maior orador do mundo é o sucesso.

95

Não se pode vencer a pobreza senão por um poder absoluto.

96

Serei o Brutus dos reis e o César da república.

97

Aquele que salva sua pátria não transgride nenhuma lei.

98

Uma revolução acontece quando basta livrar-se de um homem para consumá-la.

99

Nada funciona num sistema político em que as palavras não condizem com as ações.

100

É o sucesso que faz o grande homem.

A ARTE MILITAR

101

A guerra é um estado natural.

102

A frieza é a maior qualidade de um homem destinado a comandar.

103

A bravura é uma qualidade inata, não se conquista, ela vem do sangue; a coragem vem do pensamento; a bravura é quase sempre o resultado da impaciência diante do perigo.

104

Só se é bravo para os outros.

105

A coragem não se finge. É uma virtude que a hipocrisia não alcança.

106

Coragem para improvisar, a despeito dos acontecimentos mais adversos, conserva a liberdade de espírito, de julgamento e de decisão. E isso é muito raro.

107

Onde está o estandarte tricolor, lá está a França.

108

A primeira qualidade do soldado é a capacidade de suportar a fadiga. O resto é consequência.

109

O melhor soldado não é tanto o que combate quanto o que marcha.

110

As privações e a miséria são os verdadeiros mestres do soldado.

111

De todos os homens, o soldado é o mais sensível aos elogios.

112

Para os bravos, um fuzil é apenas o cabo de uma baioneta.

113
Há quatro coisas que o soldado jamais deve abandonar: o fuzil, a munição, a mochila e os víveres para quatro dias pelo menos.

114
Não se vai buscar uma medalha num campo de batalha quando se pode obtê-la nos salões.

115
Só se mantém a disciplina quando as regras impostas são apropriada aos costumes da nação.

116
Na guerra, o fundamental é a concentração absoluta.

117
A guerra é sobretudo uma questão de sensibilidade.

118
A guerra é uma loteria na qual as nações só devem arriscar pequenas apostas.

119
O uniforme faz o homem.

120

Os soldados e os padres se dão muito bem.

121

Há somente uma maneira honrosa de ser feito prisioneiro de guerra; é ser pego sozinho e sem tempo para usar as armas. Então, não tendo o que fazer, aceita-se a adversidade.

122

Um general em poder do inimigo não tem mais importância para aqueles que ainda combatem.

123

É contra os princípios militares autorizar os oficiais e mesmo os generais surpreendidos ou cercados a capitular, exceto no caso das guarnições militares sitiadas; via de regra, deve-se sempre combater, mesmo quando tudo parece perdido.

124

Na guerra, todo comandante que entrega uma posição antes de ser obrigado a isto merece a morte.

125

Nada faz crescer tanto o ânimo de um batalhão quanto o sucesso.

126

A ciência militar é o cálculo das possibilidades, sem deixar de levar em conta o imprevisível.

127

Na guerra, a audácia é a mais bela prova de gênio.

128

Na guerra, é preciso apoiar-se no obstáculo para ultrapassá-lo.

129

É a imaginação que perde as batalhas.

130

Um general deve ser charlatão.

131

Há homens que, por suas características pessoais, fazem de cada acontecimento uma pintura: por mais que possuam cultura, coragem, espírito, a natureza não os destinou ao comando de um exército.

132

O gesto de um general amado vale mais que o mais belo discurso.

133

Um exército é um povo que obedece.

134

Um exército que não recruta acaba por definhar.

135

Um exército deve estar a todo instante pronto para mostrar toda a força de que é capaz.

136

Na guerra, como no amor, é preciso estar frente a frente para resolver uma batalha.

137

Na guerra, a teoria é boa para fornecer as ideias gerais, mas colocar em prática as ideias assim obtidas é perigoso: é o compasso que deve servir para traçar a curva.

138

Há somente duas espécies de planos de campanha, os bons e os maus: os bons fracassam quase sempre por circunstâncias imprevistas que acabam fazendo com que deem certo os maus.

139

Pobre do general que vem ao campo de batalha com um sistema definido e imutável!

140

Aquele que não vê com serenidade um campo de batalha pode sacrificar muitos homens inutilmente.

141

No começo de uma campanha, deve-se pensar bem sobre se convém ou não avançar; mas, quando se decidiu pela ofensiva, é preciso sustentá-la até o fim. Seja qual for a qualidade das manobras numa retirada, ela enfraquecerá o moral do exército, pois as chances de sucesso passam para as mãos do inimigo. Aliás, as retiradas custam muito mais homens e material que as situações mais sangrentas, com a diferença de que, numa batalha, o inimigo perde tanto quanto nós, enquanto numa retirada só nós perdemos.

142

Um general deve perguntar-se várias vezes ao dia: se o exército inimigo surgisse à minha frente ou à minha direita ou à minha esquerda, o que eu faria? E, se ele ficar em dúvida, é que está mal posicionado, em desordem e deve cuidar disso.

143

Num exército, é preciso que a infantaria, a cavalaria e a artilharia estejam em justas proporções: as armas nunca substituem umas às outras; sempre será preciso quatro peças de artilharia por mil homens e uma cavalaria igual à quarta parte da infantaria.

144

Nunca fazer marchas de flanco diante de um exército posicionado. Esse princípio é absoluto.

145

A força de um exército, assim como o cálculo de movimento em mecânica, avalia-se multiplicando a massa pela velocidade. Uma marcha rápida aumenta o moral do exército, faz crescer as possibilidades de vitória.

146

Uma peça de canhão deve levar trezentos projéteis para disparar: é o consumo médio de duas batalhas.

147

Há casos em que perder homens é uma economia de sangue.

148

A infantaria é a alma do exército.

149

A infantaria deve disparar de muito longe contra a cavalaria em vez de esperá-la e disparar à queima-roupa.

150

No estado atual da composição da infantaria, é preciso dar mais consistência à terceira fileira ou suprimi-la.

151

O segredo das grandes batalhas consiste em saber espalhar-se ou compactar-se no momento certo.

152

Os princípios de César foram os de Aníbal, e os de Aníbal eram os de Alexandre: manter as forças reunidas, não ser vulnerável em nenhum ponto, movimentar as forças com rapidez.

153

A arte da guerra consiste, quando se tem um exército menor do que o inimigo, em ter sempre mais forças no ponto que se ataca ou se é atacado.

154

Isoladas, a infantaria e a cavalaria não levam a resultados definitivos, mas com a artilharia, em forças iguais, a cavalaria deve destruir a infantaria inimiga.

155

A artilharia é tudo, tanto numa batalha quanto num cerco: uma vez deflagrado o combate, a arte consiste em concentrar o fogo sobre um mesmo ponto sem que o inimigo possa prevê-lo.

156

É uma regra fundamental que um exército deve sempre manter suas colunas reunidas de modo a não deixar o inimigo introduzir-se entre elas; se por motivo maior essa regra for abandonada, é preciso que os batalhões separados fiquem independentes em suas operações e se dirijam a um determinado ponto sem hesitar e sem esperar novas ordens.

157

A arte de escolher uma posição para assentar o exército é a arte de nele adotar uma linha de batalha; convém que a posição adotada não seja nem dominada, nem cercada, mas, ao contrário, domine, agrida e envolva a posição oposta.

158

Um exército não deve dividir-se na véspera de um ataque; tudo pode mudar de um instante a outro: um batalhão decide uma jornada.

159

Em campanha, nenhum chefe deve dormir numa casa, e apenas deve haver uma única tenda, a do general comandante, por causa de seus mapas.

160

O maior perigo está no momento da vitória.

161

A um inimigo que foge, deve-se fazer uma ponte de ouro ou opor um muro de aço. (1813, *caso do general Vandamme.*)

162

A política e a moral têm a mesma repulsa pela pilhagem.

163

A única mudança possível para os exércitos modernos é a supressão dos meios administrativos: depósitos de víveres, fornos, carroções, bagagens; questões que tanto ocuparam os antigos.

164

A grande revolução a se introduzir na arte militar é descobrir como fornecer ao soldado a maior quantidade de farinha possível e o meio de assá-la. Isso sempre preocupou César.

165

A artilharia é ainda muito pesada, muito complicada, precisa ser simplificada e reduzida.

166

A gentileza, os tratamentos corteses honram o vencedor e desonram o vencido, que deve permanecer só e sem precisar de piedade. (1798, *Carta a Kléber.*)

167

A perda de nossas batalhas navais deve-se à falta de caráter dos comandantes, aos vícios da tática e à opinião dos capitães, que acham que só dever atacar depois de serem atacados.

168

A primeira lei da tática marítima deve ser que, tão logo o almirante dê o sinal de ataque, cada capitão faça os movimentos para atacar um navio inimigo ao mesmo tempo, não esquecendo todos os navios de protegerem-se mutuamente.

169

Se porventura um exército entrar na Inglaterra, Londres resitirá uma hora.

170

Aníbal atravessou os Alpes. Eu os contornei.

171

Os alemães e os austríacos não conhecem o valor do tempo.

172

Não se encontram homens intrépidos entre os que têm algo a perder.

173

O perigo estimula o espírito nos franceses.

174

Francisco I tinha, em Pavia*, uma artilharia bela e formidável; lançou sua cavalaria à frente e guardou suas baterias que, se tivessem disparado, lhe teriam dado a vitória. Ele faltou a este princípio: que um exército deve oferecer sempre toda a resistência de que é capaz.

175

Minha mais bela campanha é a de 20 de março**: nem um só tiro de fuzil foi disparado.

---

* Cidade da Itália onde os franceses foram vencidos pelos espanhóis em 1525, o próprio rei Francisco I tendo sido aprisionado. (N.T.)

** 20 de março de 1815, dia em que Napoleão reassume o poder em Paris, depois de fugir da ilha de Elba. Esta data é o início do Governo dos Cem Dias, que vai até 22 de junho, quando Napoleão é derrotado pelo exército anglo-prussiano na batalha de Waterloo, na Bélgica, e abdica pela segunda vez, pondo fim ao império napoleônico. (N.T.)

O SOBERANO E O ADMINISTRADOR

176
A igualdade existe apenas em teoria.

177
O nome e a forma do governo nada significam, contanto que os cidadãos sejam iguais em direitos e que a justiça seja bem praticada.

178
Pensando bem, a liberdade política é uma falsa convenção, imaginada pelos governantes para adormecer os governados.

179
A lei pode dar a todos os homens os mesmos direitos, mas a natureza jamais lhes dará faculdades iguais.

180
A monarquia está fundada sobre a desigualdade das condições que existe na natureza, e a república, sobre uma igualdade que não existe.

181

O povo jamais escolherá os verdadeiros legisladores.

182

O poder absoluto reprime as ambições e as seleciona, a democracia desencadeia todas elas, indiscriminadamente.

183

A democracia eleva a soberania, mas somente a aristocracia a conserva.

184

Um usurpador teve mestres demais para não começar por ser totalitário.

185

Nada se parece menos com um homem do que um rei.

186

No sistema do poder absoluto, basta uma vontade para destruir um abuso. No sistema das assembleias, é preciso quinhentas.

187

O fundamento de toda autoridade está na vantagem que o governante concede a quem obedece.

188

Em última análise, é preciso ser militar para governar. Só se comanda um cavalo com botas e esporas.

189

Não há despotismo absoluto. Ele é apenas relativo. O excesso é despejado aqui e ali. Sempre que o nível do oceano sobe numa área, consequentemente baixa em outra.

190

O poder absoluto deve ser essencialmente paternal, caso contrário é derrubado.

191

Do povo até o príncipe, a melhor corrente é a felicidade.

192

Havendo um governante de talento, em política a simples expressão Direitos do Homem é um crime.

193

Todo homem que possui trinta milhões e não os controla é perigoso para um governo.

194

Um soberano só deve prometer o que ele quer cumprir.

195

Um governo só pode viver de seus princípios.

196

É a unanimidade dos interesses que faz a força de um governo.

197

A boa política é fazer crer aos povos que eles são livres. O bom governo deve torná-los felizes como eles querem ser.

198

O líder deve mostrar-se sempre em plena atividade, concedendo indultos sem demonstrar fraqueza.

199

Para os fundadores de impérios, o povo é apenas o instrumento da sua vontade.

200

O tormento das precauções prevalece sobre os perigos a evitar. Mais vale entregar-se ao destino.

201

Um príncipe que tem medo pode cair a qualquer momento.

202

Um soberano obrigado a respeitar a lei pode assistir à morte de seu Estado.

203

Tanto um pecadilho quanto um grande golpe de Estado fazem o líder perder a popularidade. Quando se conhece a arte de reinar, só se arrisca seu crédito por boas causas.

204

Um governo novo deve deslumbrar.

205

As multidões precisam de festas estrepitosas; os tolos gostam do barulho, e a multidão são os tolos.

206

A obrigação do chefe de Estado é prever fatos, e no momento em que ele deve agir, acusam-no de tirania.

207

Ouvir os interesses de todos é próprio de um governo qualquer. Prevê-los, é próprio de um grande governo.

208

Tudo está ligado no controle de um Estado. No entanto, unir as facções políticas metamorfoseando suas paixões em interesses comuns é pouco. É apenas a metade da tarefa, pois é preciso cuidar os vizinhos. Para ser senhor em sua casa, é preciso não temer o que está do outro lado da parede.

209

A Câmara é boa para obter do povo aquilo que o rei não lhe pode pedir.

210

Um soberano deve ocupar-se em buscar o bem que há no mal, e vice-versa.

211

O chefe de Estado não deve ser chefe de partido.

212

A elevação do soberano depende da de seu povo.

213

Um grande soberano é o que sempre prevê os acontecimentos.

214

Um soberano que se prende a uma facção faz adernar o barco e apressa o naufrágio.

215

As nações velhas e corruptas não se governam como os povos antigos. Hoje, para um homem que se sacrificaria pelo bem público, há milhares que só pensam nos seus interesses e suas vaidades; o segredo do legislador e do soberano é tirar partido dos vícios que eles devem administrar. E aí entra a questão das medalhas e das condecorações. As distinções promovem a autoestima ao satisfazerem a vaidade.

216

A honra é para os soberanos um imposto moral.

217

As guardas de palácio são tanto mais perigosas quanto mais tirânico é o soberano.

218

Uma lei de circunstância é um ato de acusação contra o poder.

219

O governo deve ter uma transparência permanente.

220

As negociatas aviltam o poder.

221

Todo governo deve ver o povo apenas como massa.

222

É absolutamente necessário que, ao sair de uma grande revolução, um governo seja duro.

223

Todos os atos públicos requerem força, continuidade e unidade.

224

O chefe de um Estado deve fazer com que mesmo o mal contribua para o triunfo da coisa pública.

225

Com felicidade se faz um povo glorioso, mas é preciso muita constância para torná-lo feliz.

226

É preciso demonstrar mais caráter na administração do Estado do que na guerra.

227

O ritual é a prisão do rei.

228

Um governo formado de elementos heterogêneos não é durável.

229

Há pessoas que só se conduzem bem em relação a seus inimigos.

230

Não gosto que finjam desprezar a morte. A grande lei é saber suportar o que é inevitável.

231

Na aplicação das leis deve-se saber calcular os efeitos paralelos.

232

Não se deve crer demais nos rituais. Mas deve-se cuidar para não cometer nenhum sacrilégio. (*Na sagração.*)

233

A suscetibilidade de um governo acusa sua fraqueza.

234

Um trono é somente uma tábua forrada de veludo.

235

Há uma espécie de mentalidade baixa que envolve as multidões; é preciso que se rompa com essa mentalidade para emergir alguma coisa.

236

O interesse do Estado prevalece cedo ou tarde sobre as pequenas paixões.

237

Em questões de Estado, muitas vezes partindo de uma falsa premissa, pode-se chegar a um resultado verdadeiro.

238

Geralmente o benfeitor exige mais do que deu.

239

Um soberano não deve confiar nem na palavra nem na aparência.

240

A estatística comanda a distribuição do dinheiro público.

241

O tesouro deve ser independente do ministério das finanças.

242

Para que um povo fosse livre, seria preciso que os governados fossem sábios e os governantes, deuses.

243

Os conspiradores que se unem para livrar-se de uma tirania começam por submeter-se à de um chefe.

244

Os religiosos seriam os melhores mestres se pudessem renunciar a seu chefe estrangeiro.

245

Só é possível escapar ao arbítrio do juiz submetendo-se ao despotismo da lei.

246

A moral já é em si mesma todo um código.

247

É ao ferir o amor-próprio dos príncipes que se influi sobre suas deliberações.

248

Ninguém pode dizer o que fará em seus últimos momentos.

249

O chefe de um Estado não deve abandonar o governo das ideias, nem tampouco o dos homens.

250

Desde a descoberta da imprensa os iluministas são chamados para reinar, e reina-se apenas para subjugá-los.

251

Se a ciência fosse administrada pelo Estado, ela produziria grandes resultados para a sociedade.

252

Há revoluções inevitáveis. São erupções morais como as erupções dos vulcões. Quando as combinações químicas que as produzem se completam, estes explodem. Do mesmo modo que as revoluções quando as ideias se combinam e explodem. Para prevenir as revoluções é preciso controlar a circulação das ideias.

253

Não há ideais que não tenham um resíduo positivo.

254

Um soberano deve sempre usar a publicidade para seu proveito.

255

A Ideia causa mais mal que o Fato. Ela é a inimiga capital dos soberanos.

256

Uma conspiração material acaba quando se agarra a mão que vai apunhalar; uma conspiração moral não tem fim.

257

Os livros clássicos são escritos por mestres de retórica, quando deveriam sê-lo por homens de Estado ou por membros notórios da sociedade.

258

Um povo que pode dizer tudo acaba por fazer tudo.

259

Os jornais deveriam ser reduzidos aos pequenos cartazes.

260

Os livros fazem pensar demais. E assim corrompem a nação ao confrontá-la com sua realidade.

261

Os grandes escritores são agitadores admirados.

262

Um livro curioso seria aquele em que não houvesse mentiras.

263

Um tolo é apenas enfadonho. Um pedante é insuportável.

264

Todo o mundo quer que os governantes sejam justos, mas ninguém é justo com os governantes.

265

Nada se pode tirar de um filósofo.

266

O ateu é melhor súdito que o fanático: um obedece, o outro mata.

267

O soberano deve perdoar as faltas e jamais esquecê-las.

268

Os homens são mais bem governados por seus vícios que por suas virtudes.

269

O povo é grato a quem o surpreende trazendo a felicidade que ele acredita que merece.

270

As pessoas honestas são tão tranquilas. Já os patifes são tão alertas que muitas vezes é preciso empregá-los.

271

Coloque um patife em evidência, ele agirá como um homem honesto.

272

Há patifes tão patifes que se comportam como pessoas honestas.

273

Em política, os jovens valem mais que os velhos.

274

O melhor meio de manter a palavra é nunca dá-la.

275

A expressão "virtude política" é um contrassenso.

276
O príncipe deve suspeitar de tudo.

277
É melhor para o Estado manter ministros medíocres no cargo do que mudar com frequência de ministros, mesmo convocando grandes espíritos.

278
É com água e não com óleo que se acalmam os vulcões teológicos.

279
Não cabe a uma crise controlar a política, mas à política controlar uma crise.

280
A indecisão dos príncipes está para os governos assim como a paralisia está para os movimentos dos membros.

281
Pode-se arriscar um golpe de Estado para tomar o poder, nunca para consolidá-lo.

282
Em política, um absurdo não é um obstáculo.

283

A neutralidade consiste em considerar a todos com o mesmo peso e a mesma medida. Em política, a neutralidade é um contrassenso: sempre temos interesse no triunfo de alguém.

284

É preciso retirar a proteção àqueles que não podemos mais recompensar.

285

Temer a morte é fazer profissão de ateísmo.

286

A Igreja deve estar no Estado e não o Estado na Igreja.

287

As velas que aqui acendemos hoje, iluminariam outrora as catacumbas. (*Na Igreja de Notre-Dame, no dia da coroação.*)

288

Em política, há situações das quais só se pode sair passando por cima da lei.

289

As guerras inevitáveis são sempre justas.

290

É mais fácil fazer as leis do que executá-las.

291

A polícia inventa mais do que descobre.

292

É mais fácil enganar do que recuperar a credibilidade.

293

O mais perigoso poder é aquele que se esconde atrás da vontade popular.

294

O casamento não deriva de modo algum da natureza.

295

Com audácia pode-se enfrentar tudo, mas nem tudo pode-se construir.

296

Interpretar a lei é corrompê-la. Os advogados assassinam as leis.

297

Uma lei ruim aplicada presta mais serviços que uma boa lei interpretada.

298

É batendo a cabeça umas contra as outras que as pessoas aprendem a se conhecer.

299

Não há força que vença a rejeição de um povo.

300

Não se pode erguer nem consolidar um trono a golpes de espada.

301

A única vitória contra o amor é a fuga.

302

Quem nos garante que os animais não tenham uma linguagem particular?

303

Os soldados dão toda a sua energia por um general admirado. Mas dão a vida por um general amado.

304

O interesse move as ações mais vulgares.

305

Quando uma questão gera discussões intermináveis, ela só será resolvida com um pulso forte.

306

Os bajuladores não conspiram.

307

Há vícios e virtudes de circunstância.

308

O soberano sempre procede mal ao falar colérico.

309

Como não ser bom quando se pode tudo?

310

Querer estabelecer legalmente a responsabilidade dos atos em política é uma tolice.

311

Um cura deve ser um juiz de paz natural, o chefe moral da população.

312

O hábito do cinismo é a perdição dos políticos.

313

Em questões militares e de Estado, convém sempre mudar. Os chefes de autarquias, para que não se eternizem nos postos e não se corrompam; e as guarnições militares igualmente estar sempre em movimento, para confundir o inimigo.

314

Há certos tipos de ilegalidades que estão fora do alcance dos tribunais. As leis modernas ataram as mãos dos soberanos.

315

Não se deve reprimir nem perseguir os desvios que não são prejudiciais.

316

Um império como a França pode e deve ter alguns hospícios de loucos chamados *conventos*.

317

Os antigos acumulavam as profissões, e nós as separamos.

318

Se a perfeição não fosse uma quimera, ela não faria tanto sucesso.

319

Aquele que guarda mais imagens na memória é o que tem mais imaginação.

320

Não há leis possíveis contra o dinheiro.

321

Muitas coisas se transformam em frustrações quando fingimos não vê-las.

322

A política, que não pode ser moral, deve impor a moral.

323

Os homens modelam-se pela circunstância.

324

Nada mais imperioso que a fraqueza que se sente apoiada pela força.

325

A inveja é a confissão de inferioridade.

326

A perversidade jamais é coletiva.

327

É preciso reconhecer as fraquezas humanas e curvar-se a elas em vez de combatê-las.

328

Devemos, aqui em baixo, fazer de Deus o objeto de nossas discussões?

329

A astúcia nem sempre anuncia a fraqueza.

330

A cassação nada mais é do que um acordo entre o malfeito e a lei.

331

Os cortesãos experientes devem desprezar seu ídolo e estar sempre prontos a quebrá-lo.

332

Quem sabe adular sabe também caluniar.

333

É muito difícil saber onde termina a polidez e onde começa a bajulação.

334
O dinheiro é mais poderoso que o despotismo.

335
As leis de circunstância são abolidas diante de novas circunstâncias.

336
Não é a fé que salva, é a desconfiança.

337
A diplomacia é a polícia em traje de gala.

338
Uma mulher da velha aristocracia entregará seu corpo a um plebeu mas não lhe revelará os segredos da aristocracia; por isso os aristocratas são os melhores diplomatas.

339
Os tratados se cumprem enquanto os interesses estão de acordo.

340
Impor condições muito duras é saber de antemão que não serão cumpridas.

341

Uma "conferência de cúpula" é uma convenção fingida entre os diplomatas, é a pena de Maquiavel unida ao sabre de Maomé.

342

Os velhos que conservam os gostos da juventude perdem em consideração o que ganham em ridículo.

343

Os romances contam a história dos desejos humanos.

344

O trabalho em excesso nos abrevia o tempo.

345

Não há pequenos acontecimentos para as nações e para os soberanos.

346

É impossível segurar um povo depois que ele se revolta.

347

O amor é a ocupação do homem ocioso, a distração do soldado e a armadilha do soberano.

348

Não se deve comprar um aliado duvidoso se isso lhe custar um aliado fiel.

349

Os tolos falam do passado, os sábios, do presente, e os loucos, do futuro.

350

A indulgência pelos culpados anuncia a conivência.

351

O ritual está para o poder assim como o culto para a religião.

352

Com os especialistas é impossível obter simplicidade. Os formalistas do Conselho de Estado impediram muitas simplificações.

353

É tão grande a inquietude do homem que ele precisa do vago e do misterioso que a religião oferece.

354

O Estado religioso pode ser esmagado, mas não dividido.

355

As constituições só são boas quando funcionam.

356

O que caracteriza a demência é a dissociação entre as ideias e a prática.

357

O homem sem rugas na testa jamais refletiu.

358

O comércio une os homens, portanto o comércio é prejudicial à autoridade.

359

Toda associação é um governo dentro do governo.

360

Os mendigos são monges sem prestígio.

361

A riqueza não consiste na posse, mas no uso dos tesouros.

362

A organização das famílias não deriva de um direito natural: o casamento é que molda a estrutura da família.

363

Na questão do casamento, a família oriental é completamente diferente da família ocidental. Portanto a moral não é universal.

364

O casamento nem sempre é a consequência do amor; os jovens na sua maioria casam-se para chegar à independência e para isso unem-se a pessoas que não lhes convêm de maneira alguma. O Estado deve prover-lhes um recurso para o momento em que reconhecem que se enganaram completamente. Mas esse expediente não deve favorecer nem a leviandade nem a paixão: uma mulher deve usar o divórcio somente uma única vez, não podendo tornar a casar senão cinco anos depois. E depois de dez anos de casamento, o divórcio deve ser proibido.

365

Para ser feliz, o casamento exige uma contínua troca de transpiração.

366

Gall* preexistia em suas frases proverbiais: um cabeça de vento, uma cabeça quadrada.

367

É um grande erro na corte não colocar-se em evidência.

368

As leis, claras em teoria, são com frequência um caos na aplicação.

369

Do espírito ao bom senso, há uma distância maior do que se pensa.

370

A severidade previne mais as faltas do que as reprime.

---

* Franz Josef Gall (1758-1828), médico conhecido por sua doutrina da *frenologia*, segundo a qual o estado das faculdades do homem pode se reconhecer pela palpitação de seu crânio. (N.T.)

371
Toda boa lei deve ser curta. Longa, vira regulamento.

372
O que chamam lei natural não é senão a do interesse e da razão.

373
Há crises em que o bem do povo exige a condenação de um inocente.

374
As convenções nos condenam a muitas loucuras, e a maior delas é tornar-nos escravos delas.

375
Convém seguir a fortuna em seus caprichos, e corrigi-la quando possível.

376
Tudo o que não está fundado sobre bases física e matematicamente exatas deve ser proscrito pela razão.

377
Uma obra do espírito é tanto mais superior quanto o autor é universal.

378
Um bom filósofo faz um mau cidadão.

379
As conspirações são feitas em proveito dos covardes.

380
Nunca é útil inflamar o ódio.

381
Quando se reina, deve-se governar com a cabeça, jamais com o coração.

382
Tudo na vida está sujeito ao cálculo.

383
O povo avalia a força de Deus pela força dos padres.

384
A moral é muitas vezes o passaporte da maledicência.

385

O tolo tem uma grande vantagem sobre o homem de espírito. Ele está sempre contente consigo mesmo.

386

Quando se conhece seu mal moral, é preciso saber medicar a alma, como se medica o braço ou a perna.

387

Tanto em política como na guerra, todo mal, ainda que dentro das regras, só é desculpável quando for necessário.

388

As três bases econômicas do Estado: o comércio exterior, a agricultura e a indústria. Agricultura e indústria alimentam as exportações. Mas não devemos esquecer de obedecer sempre à nossa hierarquia; em primeiro lugar o mercado interno que assegura alimento para o nosso povo.

389

O coração de um homem de Estado deve estar em sua cabeça.

390

O pobre e o mendigo são duas classes bem diferentes; um aciona o respeito, o outro excita a cólera.

391

Uma nação em que todos querem cargos importantes está condenada à ruína.

392

O estudo e o conhecimento da história são os inimigos da religião.

393

As pessoas lutam mais por seus interesses que por seus direitos.

394

As alianças matrimoniais estrangeiras entre reis e rainhas não garantem e nunca asseguram nada.

395

Uma maneira de suprimir a metade dos processos seria pagar apenas os advogados que ganhassem suas causas; mas não consegui fazer passar essa ideia ao Conselho de Estado.

396

O amor é o lote das sociedades ociosas.

397

Na imaginação, como no cálculo, a força do desconhecido é incomensurável.

398

Le Halle* é o Louvre do povo: tudo o que o que acontece de bom ou de mau lá repercute no prestígio do soberano.

399

A morte é um sono sem sonhos e talvez sem despertar.

400

O homem vocacionado para os assuntos públicos e a autoridade não veem jamais os indivíduos, mas os fatos e suas consequências.

401

As faculdades físicas se aguçam e se desenvolvem motivadas pelos perigos e pelas necessidades; os marinheiros e os beduínos têm a visão do lince, e os selvagens das florestas, o faro dos animais.

---

* Le Halle, na época, era o mercado público de Paris. Napoleão se referia a falta ou abundância de alimentos, como um sinal do prestígio do soberano.

402

Uma longa e volumosa correspondência ministerial é um arsenal onde há armas de todos os calibres.

403

Pode-se enfeitar cortesãos com condecorações, mas não produzir homens.

404

Nada do que prejudica o povo sobrevive ao tempo.

405

A pior política é a que opõe uma facção a outra vangloriando-se de dominá-las.

406

O homem forte é o que pode antecipar a comunicação entre os sentidos e o pensamento.

407

Um rei presta contas de seus atos todos os dias.

408

A fatalidade é o resultado de um cálculo do qual não conhecemos os números.

409

Uma força superior me impele a um fim que ignoro. Enquanto este não for atingido, sou invulnerável. Mas quando os acontecimentos não dependerem mais de mim, bastará uma mosca para me derrubar.

410

Nada é mais difícil do que tomar uma decisão.

411

O perigo quando se marcha com batalhões muito numerosos é perecer por falta de unidade.

412

Ter a confiança antes de alcançar os objetivos é a tarefa mais difícil em política.

413

Na posição em que estou, só encontro nobreza na canalha que desprezei e canalhice na nobreza que criei. (*1814*)

414

Somente o general Bonaparte pode salvar o imperador Napoleão. (*1814*)

415

Aquele que a todo momento pode perder tudo deve arriscar tudo a todo momento.

416

Poder demais causa indigestão.

417

A felicidade e a infelicidade não são coisas absolutas nem permanentes. Haverá turbulências na vida de um homem feliz e momentos de trégua para um homem infeliz.

418

Um rei não pode aparentar infelicidade.

419

Não foram meus soldados que me faltaram, mas eu a meus soldados. (*1814*)

420

O poder absoluto não tem necessidade de mentir; ele age e se cala. Um governo responsável é sempre obrigado a falar e a dizer ignóbeis mentiras; em pouco tempo é desconsiderado e cai, desprezado. Já o poder absoluto quando cai, cai odiado.

421

Conseguimos nos deter quando subimos, jamais quando descemos.

422

Não importa o que disse Maquiavel. A força não consegue submeter os povos. (*1815*)

Experiência e infortúnio

423

Não há mais direito dos povos na Europa: breve estarão todos, uns contra os outros, brigando como cães.

424

Oprimir as massas e dar maior liberdade aos indivíduos será o segredo dos governos que me sucederão: o egoísmo é a única motivação atual. Caí por ter tentado fazer o bem às massas sacrificando o indivíduo.

425

A imprensa, hoje, influi diretamente no pensamento do povo. É preciso evitar com cuidado o confronto com a opinião pública. É por isso que se deve renunciar às eleições.

426

Os empréstimos são a perdição das nações agrícolas. Mas viabilizam as nações manufatureiras.

427

Tronos não se consertam.

428

Não é a coisa proibida, é a proibição que faz o crime.

429

Os governos conciliadores só são bons em tempos de paz.

430

As leis da política não deveriam perdurar comparadas às da humanidade. Elas são feitas pelos costumes, e os costumes variam.

431

Devem ser respeitados quando caem aqueles que foram respeitados no apogeu.

432

O maior mal da política é não ter princípios permanentes.

433

A sorte está ligada aos acontecimentos; a felicidade, aos afetos.

434
Uma sociedade sem paixões não evolui.

435
Uma revolução deve aprender a nada prever.

436
A França só morrerá se Paris for atingida.

437
Estou enterrado. (*Em Santa Helena.*)

438
O acaso é o único rei legítimo no universo.

439
A Guarda era meu tesouro de homens. (*Em Santa Helena.*)

440
Ao marcharem contra mim, os reis caíram comigo. (*Em Santa Helena.*)

441
A verdade histórica é frequentemente uma fábula: em toda questão há o fato e a versão. O fato, que deveria ser incontroverso, tem vários lados. Já vi narrarem batalhas que eu comandei

de forma completamente diversa do que ocorreu na verdade...

442

Naufraguei sob velas que o mundo inteiro manobrava. (*Em Santa Helena.*)

443

Não há roubo, tudo se paga.

444

O pensamento amadurece tanto na vitória quanto na derrota.

445

Não pode haver mais república na França: os republicanos de boa-fé são idiotas, os outros são estúpidos e intrigantes.

446

É muito difícil governar com consciência.

447

Pode-se dar um primeiro impulso aos acontecimentos; depois, eles nos arrastam.

448

É sempre vil e desonroso caluniar o derrotado.

449

O golpe do destino é como lançar a moeda na balança. Ela dá a um homem seu valor.

450

Sob um governo de fato, somente o poder de fogo é que conta.

451

A França ama demais a mudança para que um governo dure.

452

O espírito humano fez três conquistas: o júri, a igualdade de impostos para todos e a liberdade de consciência.

453

Com um aliado sincero, a França seria dona do mundo.

454

O mais raro de se ver é uma dedicação permanente.

455

A superstição é o legado das pessoas hábeis de um século aos tolos do futuro.

456

Depois que os soldados receberam o batismo de fogo, são todos iguais diante de mim. (*Em Santa Helena, ao falar dos soldados ingleses que o guardavam.*)

457

Sólon e o Egito tinham razão: só se pode julgar um homem depois de sua morte.

458

Nos elevamos acima dos que nos insultam ao perdoá-los.

459

Em matéria de política, convém sempre reservar-se o direito de rir no dia seguinte de suas ideias da véspera.

460

Um governo é um mal necessário.

461

Há mais chances de encontrar um bom soberano por hereditariedade que por eleição.

462

Ninguém viu em minha guerra com a Espanha a posse do Mediterrâneo.

463

Nada tenho de sobra, a não ser tempo. (*Em Santa Helena.*)

464

As oligarquias nunca mudam de opinião, seu interesse é sempre o mesmo.

465

Quantos homens superiores são crianças em vários momentos do dia!

466

Os povos se recuperam de todos os revezes quando ocupam grandes territórios.

467

Cada idade nos apresenta um problema diferente.

468

Dentro de cinquenta anos, a Europa será republicana ou cossaca. (*Em Santa Helena.*)

469

Minhas guerras destruíram os pergaminhos de nobreza.

470

O canhão matou o feudalismo. A caneta matará a sociedade moderna.

471

O acaso explica todas as nossas tolices.

472

A prosperidade dos Estados anuncia seu fim.

473

Os franceses não têm nacionalidade. (*Talvez ele quisesse dizer "patriotismo".*)

474

Nenhuma instituição humana perdura se não estiver baseada numa paixão.

475

Há tanta coragem em suportar com constância os males da vida quanto em enfrentar imóvel o tiroteio de uma artilharia.

476

Estar privado de seu espaço natal, do jardim que se percorreu na infância, não ter a habitação paterna é não ter pátria.

477

Dinheiro ou condecorações: dependendo de como serão usadas as condecorações, sairão mais caro para o governo.

478

Os franceses serão muito melhores quando substituírem o tumulto pelos princípios, a vaidade pelo orgulho, o amor aos cargos pelo amor às instituições.

479

As loucuras dos outros não nos tornam sensatos.

480

O equilíbrio político é uma quimera.

481

Um só homem não consegue organizar uma nação antiga e convulsionada.

482

Todos os pactos políticos na França foram violados e serão violados sempre. Eles estão apenas no papel.

483

Com o tempo, poder em excesso acaba por corromper o mais honesto dos homens.

484

Minha história compõe-se de fatos que simples palavras não conseguirão destruir.

485

O sistema colonial acabou: é preciso conformar-se com a livre navegação dos mares e com a liberdade comercial universal.

486

Em Waterloo, faltou tudo quando tudo havia dado certo.

487

O velho sistema está esgotado, e o novo não tem chances. Um governo responsável jamais obterá maioria parlamentar.

488

A democracia pode ser impetuosa, mas tem bom coração, ela se comove; quanto à aristocracia, ela é sempre fria e jamais perdoa.

489

Implantei entre os italianos princípios que não serão jamais erradicados.

490

A França tem limites naturais que eu nunca quis ampliar; eu queria apenas fazer da Itália um reino independente.

491

Antuérpia era uma pistola sempre apontada para o coração da Inglaterra.

492

Um ministério pode suportar reveses que derrubariam um soberano.

493

De todas as aristocracias, a do dinheiro é a pior.

494

Hoje, o trono, em vez de ser um domínio senhorial, é uma magistratura.

495

Nosso corpo é uma máquina de viver.

496

Para ser um conquistador de sucesso, é preciso ser feroz.

497

Os discursos passam, as realizações permanecem.

498

Os reis pagarão caro minha queda.

499

Mesmo nos momentos mais corruptos, a baixeza tem restrições.

500

Atualmente, se a grande maioria da sociedade quisesse ignorar as leis, quem teria a força de impedi-la?

501

Os infortúnios têm seu heroísmo.

502

Morto nas nuvens da onipotência, eu teria permanecido um problema; graças à minha deportação, poderão julgar-me a nu.

503

Depois de minha abdicação, a França foi taxada em 1,5 bilhão com o pé na garganta. E mais: a Inglaterra levou sete bilhões.

504

Antigamente o sentido da propriedade era somente a posse da terra. Depois vieram outros tipos de riqueza; o comércio, a indústria e finalmente a riqueza não produtiva dos juros sobre o dinheiro. Tudo isso é novo, uma verdadeira revolução econômica em torno da qual se diz e se faz um mar de bobagens. Precisamos buscar o equilíbrio entre estas novas forças. Nas águas agitadas o navio deve ter equilíbrio. Se o lastro for para trás, por exemplo, ele naufraga. É o que vai acontecer com as grandes nações se insistirem em se comportar como nos velhos tempos.

505

Enquanto permaneci na chefia do governo, a França esteve na mesma situação que Roma quando se declarou que era preciso um ditador para salvá-la: era preciso abater para não ser abatido.

506

Aquele que possuir Constantinopla deve governar o mundo.

507

Nunca quis torcer os acontecimentos em favor da minha política. Ao contrário, flexibilizava meu sistema político conforme a marcha imprevisível dos acontecimentos.

508

Minha mão de ferro não estava na ponta de meu braço. Minha força estava na minha cabeça; foi a capacidade de prever os fatos que aprendi com o tempo e não a natureza que a fez assim.

509

O primeiro soberano que, em meio ao primeiro grande conflito, abraçar de boa-fé a causa dos povos há de comandar a Europa.

510

Um de meus grandes sonhos era recolocar os mesmos povos geograficamente nos mesmos territórios que as revoluções e a política destruíram e fragmentaram. Contam-se na Europa trinta milhões de franceses, quinze milhões de espanhóis, quinze milhões de italianos, trinta milhões de alemães e vinte milhões de poloneses. Eu queria fazer de cada um deles uma nação. O impulso está dado; cada uma dessas revoluções se cumprirá; e é esta minha ideia que poderá servir de alavanca aos destinos futuros da Europa.

511

Fui forçado a combater dez anos sobre os cadáveres dos alemães; eles não puderam conhecer minhas verdadeiras intenções, e elas eram as melhores possíveis para eles.

512

Não há ações permanentes que sejam obras do acaso e da sorte. Elas derivam sempre das combinações do gênio.

513

Ao não ressuscitar a Polônia, lorde Castlereagh entregou Constantinopla à Rússia, expôs a Europa inteira e arrumou mil dificuldades para a Inglaterra.

514

Eu precisaria de vinte anos para restabelecer a unidade italiana.

515

A Rússia deve cair ou engrandecer-se. Se conseguir incorporar a Polônia reconciliando os poloneses com seu governo, ela terá dado o maior passo para a conquista das Índias; se os abandonar, estará sempre ameaçada em sua retaguarda.

516

A Rússia é forte porque jamais depõe as armas.

517

A Rússia se apoderará de Constantinopla e de uma grande parte da Turquia. Isso me parece tão certo como se já tivesse acontecido. (*1817*) Uma vez em Constantinopla, ela se tornará uma potência marítima, e sabe Deus o que se seguirá!

518

Se Aníbal tivesse sido vencido em Trébia, em Trasimeno e em Cannes, não haveria a batalha de Zama.*

519

Meu assassinato em Schoenbrunn teria sido menos fatal que meu casamento com Maria Luísa.

520

As únicas conquistas que não causam nenhum pesar são aquelas feitas sobre a ignorância.

521

A Inglaterra paga com sangue o saldo do comércio com as Índias.

---

* Batalha na África do Norte (202 a. C.) na qual Cipião, o Africano, venceu Aníbal. (N.T.)

522

A Inglaterra é a única potência interessada em que a França não possua a Bélgica. Enquanto mantiver essa posição, não haverá sinceridade em uma aliança entre Inglaterra e França.

523

É injusto comprometer economicamente várias gerações; um empréstimo deveria restringir-se, no máximo, a cinquenta anos. Por que o povo é responsável pelas dívidas do rei morto? É preciso encontrar um meio de preservar as gerações futuras contra a cupidez de governantes irresponsáveis.

524

Eu nunca quis empréstimo. Em 1814, a França tinha apenas sessenta milhões em títulos do governo, e de minha parte deixei mais de cem milhões.

525

Novo Prometeu, estou atado a um rochedo onde um abutre me rói; roubei o fogo do céu para dá-lo à França; o fogo voltou à sua fonte e aqui estou.

Sobre lorde Castlereagh[*]

O sr. Pitt foi o mestre de toda a política europeia; teve nas mãos o destino moral dos povos e usou mal esse poder; incendiou o universo e se inscreverá na história à maneira de Eróstrato entre as chamas, com lamentos e lágrimas: inicialmente as primeiras faíscas de nossa revolução, depois as resistências ao desejo nacional, finalmente todos os crimes horríveis que resultaram disso foram obra sua. Essa conflagração universal de 25 anos; as numerosas coalizões que a mantiveram, a perturbação, a devastação da Europa acompanhada das ondas de sangue dos povos; a dívida enorme da Inglaterra, que pagou todas essas coisas; o sistema pestilencial de empréstimos sob o qual os povos permanecem curvados; o mal-estar universal de hoje, tudo isso foi inventado por ele. A posteridade reconhecerá e identificará essas coisas como um verdadeiro flagelo; este homem tão enaltecido em seu tempo será visto

---

[*] O irlandês Robert Stewart, conhecido como Lord Castlereagh (1769-1822) foi secretário de Estado para o Exterior e o grande arquiteto da "quádrupla-aliança" (Inglaterra, Áustria, Rússia e Prússia), que derrubou Napoleão.

um dia apenas como o gênio do mal; não que eu o considere atroz, ou duvide que ele não estivesse convencido de que fazia o bem; a Noite de São Bartolomeu* também teve defensores convictos, o papa e os cardeais entoaram um *Te Deum* por ela, e no meio daquela gente certamente havia alguns de boa-fé. Assim são os homens, sua razão, seus julgamentos. Mas o que a posteridade reprovará sobretudo ao sr. Pitt é a terrível escola que deixou em sua esteira, o maquiavelismo insolente desta, sua imoralidade profunda, seu frio egoísmo, seu desprezo pela sorte dos homens ou pela justiça das coisas.

Seja como for, por admiração real ou puro reconhecimento, ou ainda simples instinto e simpatia, o sr. Pitt foi e continua sendo o homem da aristocracia europeia: de fato, houve nele algo de Sila**. Foi seu sistema que conduziu à subjugação da causa popular e ao triunfo dos patrícios. Quanto ao sr. Fox, não é entre os antigos que devemos buscar-lhe um modelo, ele é que servirá de modelo, e sua escola, cedo ou tarde, seguramente deve reger o mundo. O instante da morte do sr. Fox é uma das fatalidades de minha carreira;

---

* Massacre dos protestantes pelos católicos, na França, em 24 de agosto de 1572. (N.T.)

** Lúcio Cornélio Sila (136-78 a. C.), ditador romano defensor da aristocracia. (N.T.)

se ele ainda vivesse, as questões internacionais teriam tomado outro rumo, a causa dos povos teria vencido e teríamos estabelecido uma nova ordem na Europa.

Em Fox o coração inflamava o gênio, enquanto em Pitt o gênio ressecava o coração. Mas já ouço muita gente perguntar-me por que eu, todo-poderoso, não agi como Fox? Aos de boa-fé, respondo que nada aqui poderia se comparar. A Inglaterra age num terreno cujos fundamentos descem até as entranhas da terra: o meu ainda estava ingenuamente na superfície. A Inglaterra reina sobre coisas estabelecidas, enquanto eu tinha o grande encargo, a imensa dificuldade de estabelecê-las. Eu tive a imensa tarefa de pacificar uma revolução, a despeito das facções em luta. Havia conseguido unir os bens dispersos que deviam ser preservados, e era obrigado a protegê-los para salvá-los dos ataques de todos.

Discípulo do sr. Pitt, do qual se julga talvez um igual, lorde Castlereagh é quando muito seu imitador: ele não cessou de levar adiante os planos e os complôs de seu mestre contra a França.

A pertinácia e a obstinação foram talvez suas verdadeiras e únicas qualidades, mas Pitt tinha uma visão ampla: nele, o interesse de seu país vinha antes de tudo, ele tinha gênio, criava, e de sua ilha, como ponto de apoio, governava e comandava à vontade os reis do continente. Castlereagh, ao contrário, substituindo a criação pela intriga, o gênio pelos subsídios, preocupando-se muito pouco com seu país, não parou de empregar a influência e o crédito desses reis do continente para assentar e perpetuar seu poder na ilha.

Disseram-me que ele é visto na própria Inglaterra como um homem imoral. Começou por uma apostasia política que, embora comum em seu país, sempre deixa uma mancha indelével. Fez carreira sob as bandeiras da causa do povo, para se tornar o homem do poder e da arbitrariedade. Deve ser execrado tanto pelos irlandeses, seus compatriotas, que ele traiu, quanto pelos ingleses, de quem destruiu as liberdades, internamente, e os interesses, no exterior. Governa tudo e controla até mesmo o príncipe, por meio de suas intrigas e sua audácia. Apoiado numa maioria que ele próprio compôs, está sempre pronto a esgrimir no Parlamento, e com a maior impudência, contra a razão, o direito, a justiça e a verdade; nenhuma mentira lhe custa, nada o detém, tudo lhe é igual: ele sabe que os votos estão constantemente aí para tudo aplaudir e legitimar. Teve o despudor de produzir no Parlamento como fatos autênticos o que sabia perfeitamente ter sido falsificado, e que talvez ele próprio tinha mandado falsificar, e no entanto foi sobre esses fatos que se decidiu o destronamento de Murat*.

Mas eis como são as coisas neste mundo: Pitt, com todo o seu gênio, só fracassou, enquanto Castlereagh é totalmente bem-sucedido. Mas de que maneira?

Depois de vinte anos de guerra, depois de tantos tesouros dissipados, depois de um triunfo acima de toda esperança, que paz assinou no entanto a Inglaterra? Castlereagh teve o conteúdo à sua disposição: que grande vantagem, que justas indenizações estipulou para seu país? Ele fez a paz como se tivesse sido vencido, o miserável! Se eu tivesse permanecido vitorioso, não o teria maltratado tanto. Ou será que ele se julgou bastante feliz por ter-me derrubado? Nesse caso, o ódio me vinga. Dois fortes sentimentos animaram a Inglaterra durante nossa luta: seu interesse nacional e seu ódio contra minha pessoa. No momento do triunfo, a violência de um lhe teria feito esquecer o outro? Ela pagaria caro esse momento de paixão! Milhares de anos transcorrerão antes que se apresente uma tal oportunidade para o bem-estar e a verdadeira grandeza da Inglaterra. Foi portanto, da parte de Castlereagh, ignorância ou corrupção? Pois esse lorde Castlereagh distribuiu nobremente, ao que ele acredita, os despojos da

---

* Cunhado de Napoleão e rei de Nápoles de 1808 a 1814. (N.T.)

vitória aos soberanos do continente e nada reservou para seu país; mas será que ele não teme que lhe acusem de ter agido antes como *empregado* do que como *sócio* desses soberanos? Ele doou territórios imensos: a Rússia, a Prússia, a Áustria anexaram muitos e populosos territórios. Onde está o equivalente da Inglaterra, ela que no entanto foi a alma desses sucessos, que pagou todas as suas despesas? Assim ela recolhe já os frutos da gratidão do continente e dos enganos ou da traição de seu negociador; meu sistema continental é mantido, impede-se ou exclui-se o produto de suas manufaturas. Em vez disso, por que não ter criado no continente cidades marítimas livres e independentes, como por exemplo Dantzig, Hamburgo, Antuérpia, Dunquerque, Gênova e outras, que teriam permanecido os entrepostos obrigatórios das manufaturas inglesas, com as quais os ingleses inundaram a Europa a despeito de todas as aduanas do mundo? A Inglaterra tinha o direito e a necessidade disso, suas decisões teriam sido justas, e quem teria se oposto no momento da libertação? Por que criar um embaraço e ao mesmo tempo um inimigo natural unindo a Bélgica à Holanda, em vez de canalizar dois imensos recursos para seu comércio mantendo-as separadas? A Holanda, que não tem indústrias, era o depósito natural das da Inglaterra; a Bélgica, transformada em colônia inglesa sob um príncipe inglês, teria sido a rota pela qual teriam constantemente inundado a França e a Alemanha. Por que não vincular Espanha e Portugal a um tratado de comércio de longo prazo que pagaria todas as despesas feitas para defendê-los, e que se teria obtido sob pena de libertar suas colônias com as quais, em ambos os casos, se faria todo o negócio? Por que não estipular alguma vantagem no Báltico e em relação aos Estados da Itália? Seriam outros tantos privilégios da soberania dos mares.

Depois de ter lutado tanto tempo para sustentar esse direito, como negligenciar os benefícios quando a Inglaterra se achava consagrada de fato? Ao sancionar a usurpação nos outros, será que ela poderia temer que alguém ousasse recusar a sua? E quem o poderia? Eu confiava em algo assim e talvez o lamentem hoje, quando é muito tarde, pois não saberiam voltar atrás, e o momento único foi perdido.

Quantos porquês eu teria ainda a mencionar! Somente lorde Castlereagh podia agir assim; ele tornou-se o homem da Santa Aliança, mas com o tempo será amaldiçoado na Inglaterra. Os Landerdale, os Grenville, os Vellesley e outros teriam negociado muito diferentemente, teriam agido como homens de seu país. Mas lorde Castlereagh revelou-se o homem do continente. Senhor da

Europa, satisfez todo o mundo e esqueceu apenas seu país. Seus atos feriam de tal modo o interesse nacional, eram tão contrários às doutrinas do país e demonstravam tamanha inconsequência, que não se compreende como uma nação sensata tenha se deixado governar por esse louco.

Ele toma por base a legitimidade, da qual pretende fazer um dogma político quando ela mina em seus fundamentos o trono de seu próprio soberano; e, não obstante, reconhece Bernadotte em oposição ao legítimo Gustavo IV, que se imolou pela Inglaterra. Reconhece o usurpador Fernando VII em detrimento de seu venerável pai Carlos IV. Proclama com os aliados, como uma outra base fundamental, o restabelecimento da antiga ordem de coisas, a correção do que eles chamam os erros, as injustiças, as depredações políticas, enfim, o retorno da moral pública, e sacrifica a república de Veneza entregando-a à Áustria; a de Gênova, anexando-a ao Piemonte. Cede a Polônia à Rússia, sua inimiga natural; despoja o rei da Saxônia em favor da Prússia, que não lhe pode mais ser de nenhuma valia; retira a Noruega da Dinamarca que, mais independente da Rússia, poderia lhe abrir as portas do Báltico para enriquecer a Suécia decaída pela perda da Finlândia e das ilhas desse mar, inteiramente sob o controle dos russos. Finalmente, numa violação dos princípios básicos da política geral, ele deixa de ressuscitar a independência da Polônia, entregando assim Constantinopla e expondo a Europa inteira.

Nada direi do monstruoso contrassenso de um ministro, o representante da nação livre por excelência, que torna a colocar a Itália sob jugo, nele retém a Espanha e contribui com todos os esforços para agrilhoar o continente inteiro. Então ele pensa que a liberdade só é aplicável aos ingleses, que o continente não foi feito para ela?

Mas mesmo nesse caso ele procede mal em relação aos próprios compatriotas, privando-os a cada dia de alguns de seus direitos; é a suspensão do *habeas corpus* a torto e a direito, é o *alien bill* em virtude do qual, presume-se, a mulher de um inglês, se é estrangeira, pode ser expulsa da Inglaterra a critério do ministro; é a espionagem e a delação que ele promove sem parar, são os agentes provocadores, criação infernal que lhe permite ter sempre a certeza de encontrar culpados e multiplicar as vítimas; é uma violência fria, uma mão de de ferro que ele faz pesar sobre as missões estrangeiras. Será esse o ministro de um grande povo livre, encarregado de impor respeito às outras nações? Não, ele é consequência do desejo dos reis do continente, que o instigam a impor aos compatriotas a escravidão. É o elo condutor através do qual são despejados no continente os tesouros da Grã-Bretanha, e trazidas para a Inglaterra todas as doutrinas maléficas do exterior. Ele parece mostrar-se o defensor, o obsequioso associado dessa misteriosa Santa Aliança, aliança universal cujos sentido e finalidade eu não saberia aqui adivinhar, mas que não pode apresentar nada de útil nem augurar nada de bom. Estaria ela dirigida contra os turcos? Mas então caberia aos ingleses opor-se. Seu objetivo seria manter uma paz geral? Mas isso é uma quimera com a qual os gabinetes diplomáticos não poderiam se iludir. Não poderia haver alianças senão por oposição e como compensação. Impossível serem todos aliados. Eu a compreendo apenas como aliança dos reis contra os povos; mas, nesse caso, o que Castlereagh está fazendo aí? Se assim for, ele não poderia, não deveria pagar caro um dia? Eu tive esse lorde Castlereagh em meu poder: ele estava ocupado com intrigas num congresso em Châtillon quando, numa de nossas vitórias, nossas tropas cercaram o local. O primeiro-ministro inglês não se achava em missão pública e não podia apelar ao direito internacional, o que o fez sentir-se muito ansioso por ver-se assim em minhas mãos. Mandei dizer que se tranquilizasse, que ele estava livre: fiz isso por mim, não por ele, de quem certamente nada de bom esperava.

No entanto, algum tempo depois, sua gratidão mostrou-se de uma maneira muito particular: quando me viu escolher a ilha de Elba, ele propôs a Inglaterra como asilo, dedicando então sua eloquência e sua sutileza para convencer-me; mas hoje vejo que as ofertas de um Castlereagh merecem ser suspeitas, e não resta dúvida de que ele já tramava o horrível tratamento que exercem sobre minha pessoa neste instante.

É uma grande infelicidade para o povo inglês que seu ministro dirigente tenha tratado pessoalmente com os soberanos do continente. Isso é uma violação do espírito de sua Constituição.

É certo que lorde Castlereagh teria podido obter tudo; mas, seja por cegueira, incapacidade ou perfídia, tudo sacrificou. Presente ao banquete dos reis, ele parece ter se envergonhado de ditar a paz como *nogociador* e preferiu agir como um *nobre*. Seu orgulho ganhou com isso, e possivelmente seus interesses também; apenas seu país saiu prejudicado, e continuará a sê-lo por muito e muito tempo.

A dívida é o verme que rói a Inglaterra, é o seu maior obstáculo, pois é ela que força o aumento dos impostos; estes fazem aumentar o preço dos gêneros alimentícios; daí a miséria do povo, a elevação do custo de vida e dos objetos manufaturados, que não se apresentam mais com a mesma vantagem nos mercados da Europa. A Inglaterra deve portanto combater a todo preço esse monstro devorador, precisa atacá-lo por todos os lados ao mesmo tempo, destruí-lo por quaisquer meios, isto é, pela redução de suas despesas e pelo aumento de seus capitais. Pode ela reduzir os juros de sua dívida, os altos salários, as sinecuras, os gastos com o exército, renunciar a este para dedicar-se à sua marinha? Enfim, muitas outras coisas que ignoro e não saberia investigar.

Quanto ao crescimento de seus capitais, não seria possível para ela enriquecer com os bens eclesiásticos imensos, que poderiam ser adquiridos através de uma reforma salutar e extinguindo titularidades, o que não feriria ninguém?

Mas basta pronunciar algo parecido para que a aristocracia pegue em armas, saia em campanha e acabe prevalecendo; pois na Inglaterra é ela que governa e é por ela que se governa. Ela recorreu a seu adágio habitual: se tocarem nos antigos fundamentos, tudo irá desabar, adágio que o povo repete beatamente e diante do qual toda reforma se detém, fazendo que os abusos permaneçam, cresçam e pululem.

É verdade que, a despeito de muitos detalhes odiosos, ultrapassados, ignóbeis, a constituição inglesa apresenta ainda assim o singular fenômeno de um belo e feliz resultado, e é esse resultado e todos os seus benefícios que a multidão temerosa não quer perder. Mas seria esta natureza condenável que produz estes benefícios? Não, ela os diminui, ao contrário; eles brilhariam ainda mais se esta grande e bela máquina se livrasse de suas ideias parasitas.

(Em Santa Helena.)

Coleção L&PM POCKET (LANÇAMENTOS MAIS RECENTES)

365. Crepusculário – Pablo Neruda
366. A comédia dos erros – Shakespeare
367(5). A primeira investigação de Maigret – Simenon
368(6). As férias de Maigret – Simenon
369. Mate-me por favor (vol.1) – L. McNeil
370. Mate-me por favor (vol.2) – L. McNeil
371. Carta ao pai – Kafka
372. Os vagabundos iluminados – J. Kerouac
373(7). O enforcado – Simenon
374(8). A fúria de Maigret – Simenon
375. Vargas, uma biografia política – H. Silva
376. Poesia reunida (vol.1) – A. R. de Sant'Anna
377. Poesia reunida (vol.2) – A. R. de Sant'Anna
378. Alice no país do espelho – Lewis Carroll
379. Residência na Terra 1 – Pablo Neruda
380. Residência na Terra 2 – Pablo Neruda
381. Terceira Residência – Pablo Neruda
382. O delírio amoroso – Bocage
383. Futebol ao sol e à sombra – E. Galeano
384(9). O porto das brumas – Simenon
385(10). Maigret e seu morto – Simenon
386. Radicci 4 – Iotti
387. Boas maneiras & sucesso nos negócios – Celia Ribeiro
388. Uma história Farroupilha – M. Scliar
389. Na mesa ninguém envelhece – J. A. Pinheiro Machado
390. 200 receitas inéditas do Anonymus Gourmet – J. A. Pinheiro Machado
391. Guia prático do Português correto – vol.2 – Cláudio Moreno
392. Breviário das terras do Brasil – Assis Brasil
393. Cantos Cerimoniais – Pablo Neruda
394. Jardim de Inverno – Pablo Neruda
395. Antonio e Cleópatra – William Shakespeare
396. Tróia – Cláudio Moreno
397. Meu tio matou um cara – Jorge Furtado
398. O anatomista – Federico Andahazi
399. As viagens de Gulliver – Jonathan Swift
400. Dom Quixote – (v. 1) – Miguel de Cervantes
401. Dom Quixote – (v. 2) – Miguel de Cervantes
402. Sozinho no Pólo Norte – Thomaz Brandolin
403. Matadouro 5 – Kurt Vonnegut
404. Delta de Vênus – Anaïs Nin
405. O melhor de Hagar 2 – Dik Browne
406. É grave Doutor? – Nani
407. Orai pornô – Nani
408(11). Maigret em Nova York – Simenon
409(12). O assassino sem rosto – Simenon
410(13). O mistério das jóias roubadas – Simenon
411. A irmãzinha – Raymond Chandler
412. Três contos – Gustave Flaubert
413. De ratos e homens – John Steinbeck
414. Lazarilho de Tormes – Anônimo do séc. XVI
415. Triângulo das águas – Caio Fernando Abreu
416. 100 receitas de carnes – Sílvio Lancellotti
417. Histórias de robôs: vol. 1 – org. Isaac Asimov
418. Histórias de robôs: vol. 2 – org. Isaac Asimov
419. Histórias de robôs: vol. 3 – org. Isaac Asimov
420. O país dos centauros – Tabajara Ruas
421. A república de Anita – Tabajara Ruas
422. A carga dos lanceiros – Tabajara Ruas
423. Um amigo de Kafka – Isaac Singer
424. As alegres matronas de Windsor – Shakespeare
425. Amor e exílio – Isaac Bashevis Singer
426. Use & abuse do seu signo – Marília Fiorillo e Marylou Simonsen
427. Pigmaleão – Bernard Shaw
428. As fenícias – Eurípides
429. Everest – Thomaz Brandolin
430. A arte de furtar – Anônimo do séc. XVI
431. Billy Bud – Herman Melville
432. A rosa separada – Pablo Neruda
433. Elegia – Pablo Neruda
434. A garota de Cassidy – David Goodis
435. Como fazer a guerra: máximas de Napoleão – Balzac
436. Poemas escolhidos – Emily Dickinson
437. Gracias por el fuego – Mario Benedetti
438. O sofá – Crébillon Fils
439. O "Martín Fierro" – Jorge Luis Borges
440. Trabalhos de amor perdidos – W. Shakespeare
441. O melhor de Hagar 3 – Dik Browne
442. Os Maias (volume1) – Eça de Queiroz
443. Os Maias (volume2) – Eça de Queiroz
444. Anti-Justine – Restif de La Bretonne
445. Juventude – Joseph Conrad
446. Contos – Eça de Queiroz
447. Janela para a morte – Raymond Chandler
448. Um amor de Swann – Marcel Proust
449. À paz perpétua – Immanuel Kant
450. A conquista do México – Hernan Cortez
451. Defeitos escolhidos e 2000 – Pablo Neruda
452. O casamento do céu e do inferno – William Blake
453. A primeira viagem ao redor do mundo – Antonio Pigafetta
454(14). Uma sombra na janela – Simenon
455(15). A noite da encruzilhada – Simenon
456(16). A velha senhora – Simenon
457. Sartre – Annie Cohen-Solal
458. Discurso do método – René Descartes
459. Garfield em grande forma (1) – Jim Davis
460. Garfield está de dieta (2) – Jim Davis
461. O livro das feras – Patricia Highsmith
462. Viajante solitário – Jack Kerouac
463. Auto da barca do inferno – Gil Vicente
464. O livro vermelho dos pensamentos de Millôr – Millôr Fernandes
465. O livro dos abraços – Eduardo Galeano
466. Voltaremos! – José Antonio Pinheiro Machado
467. Rango – Edgar Vasques
468(8). Dieta mediterrânea – Dr. Fernando Lucchese e José Antonio Pinheiro Machado
469. Radicci 5 – Iotti
470. Pequenos pássaros – Anaïs Nin
471. Guia prático do Português correto – vol.3 – Cláudio Moreno
472. Atire no pianista – David Goodis
473. Antologia Poética – García Lorca
474. Alexandre e César – Plutarco

475. Uma espiã na casa do amor – Anaïs Nin
476. A gorda do Tiki Bar – Dalton Trevisan
477. Garfield um gato de peso (3) – Jim Davis
478. Canibais – David Coimbra
479. A arte de escrever – Arthur Schopenhauer
480. Pinóquio – Carlo Collodi
481. Misto-quente – Bukowski
482. A lua na sarjeta – David Goodis
483. O melhor do Recruta Zero (1) – Mort Walker
484. Aline: TPM – tensão pré-monstrual (2) – Adão Iturrusgarai
485. Sermões do Padre Antonio Vieira
486. Garfield numa boa (4) – Jim Davis
487. Mensagem – Fernando Pessoa
488. Vendeta *seguido de* A paz conjugal – Balzac
489. Poemas de Alberto Caeiro – Fernando Pessoa
490. Ferragus – Honoré de Balzac
491. A duquesa de Langeais – Honoré de Balzac
492. A menina dos olhos de ouro – Honoré de Balzac
493. O lírio do vale – Honoré de Balzac
494(17). A barcaça da morte – Simenon
495(18). As testemunhas rebeldes – Simenon
496(19). Um engano de Maigret – Simenon
497(1). A noite das bruxas – Agatha Christie
498(2). Um passe de mágica – Agatha Christie
499(3). Nêmesis – Agatha Christie
500. Esboço para uma teoria das emoções – Sartre
501. Renda básica de cidadania – Eduardo Suplicy
502(1). Pílulas para viver melhor – Dr. Lucchese
503(2). Pílulas para prolongar a juventude – Dr. Lucchese
504(3). Desembarcando o diabetes – Dr. Lucchese
505(4). Desembarcando o sedentarismo – Dr. Fernando Lucchese e Cláudio Castro
506(5). Desembarcando a hipertensão – Dr. Lucchese
507(6). Desembarcando o colesterol – Dr. Fernando Lucchese e Fernanda Lucchese
508. Estudos de mulher – Balzac
509. O terceiro tira – Flann O'Brien
510. 100 receitas de aves e ovos – J. A. P. Machado
511. Garfield em toneladas de diversão (5) – Jim Davis
512. Trem-bala – Martha Medeiros
513. Os cães ladram – Truman Capote
514. O Kama Sutra de Vatsyayana
515. O crime do Padre Amaro – Eça de Queiroz
516. Odes de Ricardo Reis – Fernando Pessoa
517. O inverno da nossa desesperança – Steinbeck
518. Piratas do Tietê (1) – Laerte
519. Rê Bordosa: do começo ao fim – Angeli
520. O Harlem é escuro – Chester Himes
521. Café-da-manhã dos campeões – Kurt Vonnegut
522. Eugénie Grandet – Balzac
523. O último magnata – F. Scott Fitzgerald
524. Carol – Patricia Highsmith
525. 100 receitas de patisseria – Sílvio Lancellotti
526. O fator humano – Graham Greene
527. Tristessa – Jack Kerouac
528. O diamante do tamanho do Ritz – F. Scott Fitzgerald
529. As melhores histórias de Sherlock Holmes – Arthur Conan Doyle
530. Cartas a um jovem poeta – Rilke
531(20). Memórias de Maigret – Simenon
532(4). O misterioso sr. Quin – Agatha Christie
533. Os analectos – Confúcio
534(21). Maigret e os homens de bem – Simenon
535(22). O medo de Maigret – Simenon
536. Ascensão e queda de César Birotteau – Balzac
537. Sexta-feira negra – David Goodis
538. Ora bolas – O humor de Mario Quintana – Juarez Fonseca
539. Longe daqui aqui mesmo – Antonio Bivar
540(5). É fácil matar – Agatha Christie
541. O pai Goriot – Balzac
542. Brasil, um país do futuro – Stefan Zweig
543. O processo – Kafka
544. O melhor de Hagar 4 – Dik Browne
545(6). Por que não pediram a Evans? – Agatha Christie
546. Fanny Hill – John Cleland
547. O gato por dentro – William S. Burroughs
548. Sobre a brevidade da vida – Sêneca
549. Geraldão (1) – Glauco
550. Piratas do Tietê (2) – Laerte
551. Pagando o pato – Ciça
552. Garfield de bom humor (6) – Jim Davis
553. Conhece o Mário? vol.1 – Santiago
554. Radicci 6 – Iotti
555. Os subterrâneos – Jack Kerouac
556(1). Balzac – François Taillandier
557(2). Modigliani – Christian Parisot
558(3). Kafka – Gérard-Georges Lemaire
559(4). Júlio César – Joël Schmidt
560. Receitas da família – J. A. Pinheiro Machado
561. Boas maneiras à mesa – Celia Ribeiro
562(9). Filhos sadios, pais felizes – R. Pagnoncelli
563(10). Fatos & mitos – Dr. Fernando Lucchese
564. Ménage à trois – Paula Taitelbaum
565. Mulheres! – David Coimbra
566. Poemas de Álvaro de Campos – Fernando Pessoa
567. Medo e outras histórias – Stefan Zweig
568. Snoopy e sua turma (1) – Schulz
569. Piadas para sempre (1) – Visconde da Casa Verde
570. O alvo móvel – Ross Macdonald
571. O melhor do Recruta Zero (2) – Mort Walker
572. Um sonho americano – Norman Mailer
573. Os broncos também amam – Angeli
574. Crônica de um amor louco – Bukowski
575(5). Freud – René Major e Chantal Talagrand
576(6). Picasso – Gilles Plazy
577(7). Gandhi – Christine Jordis
578. A tumba – H. P. Lovecraft
579. O príncipe e o mendigo – Mark Twain
580. Garfield, um charme de gato (7) – Jim Davis
581. Ilusões perdidas – Balzac
582. Esplendores e misérias das cortesãs – Balzac
583. Walter Ego – Angeli
584. Striptiras (1) – Laerte
585. Fagundes: um puxa-saco de mão cheia – Laerte
586. Depois do último trem – Josué Guimarães
587. Ricardo III – Shakespeare
588. Dona Anja – Josué Guimarães
589. 24 horas na vida de uma mulher – Stefan Zweig
590. O terceiro homem – Graham Greene

591. **Mulher no escuro** – Dashiell Hammett
592. **No que acredito** – Bertrand Russell
593. **Odisséia (1): Telemaquia** – Homero
594. **O cavalo cego** – Josué Guimarães
595. **Henrique V** – Shakespeare
596. **Fabulário geral do delírio cotidiano** – Bukowski
597. **Tiros na noite 1: A mulher do bandido** – Dashiell Hammett
598. **Snoopy em Feliz Dia dos Namorados! (2)** – Schulz
599. **Mas não se matam cavalos?** – Horace McCoy
600. **Crime e castigo** – Dostoiévski
601(7). **Mistério no Caribe** – Agatha Christie
602. **Odisséia (2): Regresso** – Homero
603. **Piadas para sempre (2)** – Visconde da Casa Verde
604. **À sombra do vulcão** – Malcolm Lowry
605(8). **Kerouac** – Yves Buin
606. **E agora são cinzas** – Angeli
607. **As mil e uma noites** – Paulo Caruso
608. **Um assassino entre nós** – Ruth Rendell
609. **Crack-up** – F. Scott Fitzgerald
610. **Do amor** – Stendhal
611. **Cartas do Yage** – William Burroughs e Allen Ginsberg
612. **Striptiras (2)** – Laerte
613. **Henry & June** – Anaïs Nin
614. **A piscina mortal** – Ross Macdonald
615. **Geraldão (2)** – Glauco
616. **Tempo de delicadeza** – A. R. de Sant'Anna
617. **Tiros na noite 2: Medo de tiro** – Dashiell Hammett
618. **Snoopy em Assim é a vida, Charlie Brown! (3)** – Schulz
619. **1954 – Um tiro no coração** – Hélio Silva
620. **Sobre a inspiração poética (Íon) e ...** – Platão
621. **Garfield e seus amigos (8)** – Jim Davis
622. **Odisséia (3): Ítaca** – Homero
623. **A louca matança** – Chester Himes
624. **Factótum** – Bukowski
625. **Guerra e Paz: volume 1** – Tolstói
626. **Guerra e Paz: volume 2** – Tolstói
627. **Guerra e Paz: volume 3** – Tolstói
628. **Guerra e Paz: volume 4** – Tolstói
629(9). **Shakespeare** – Claude Mourthé
630. **Bem está o que bem acaba** – Shakespeare
631. **O contrato social** – Rousseau
632. **Geração Beat** – Jack Kerouac
633. **Snoopy: É Natal! (4)** – Charles Schulz
634(8). **Testemunha da acusação** – Agatha Christie
635. **Um elefante no caos** – Millôr Fernandes
636. **Guia de leitura (100 autores que você precisa ler)** – Organização de Léa Masina
637. **Pistoleiros também mandam flores** – David Coimbra
638. **O prazer das palavras** – vol. 1 – Cláudio Moreno
639. **O prazer das palavras** – vol. 2 – Cláudio Moreno
640. **Novíssimo testamento: com Deus e o diabo, a dupla da criação** – Iotti
641. **Literatura Brasileira: modos de usar** – Luís Augusto Fischer
642. **Dicionário de Porto-Alegrês** – Luís A. Fischer
643. **Clô Dias & Noites** – Sérgio Jockymann
644. **Memorial de Isla Negra** – Pablo Neruda
645. **Um homem extraordinário e outras histórias** – Tchékhov
646. **Ana sem terra** – Alcy Cheuiche
647. **Adultérios** – Woody Allen
648. **Para sempre ou nunca mais** – R. Chandler
649. **Nosso homem em Havana** – Graham Greene
650. **Dicionário Caldas Aulete de Bolso**
651. **Snoopy: Posso fazer uma pergunta, professora? (5)** – Charles Schulz
652(10). **Luís XVI** – Bernard Vincent
653. **O mercador de Veneza** – Shakespeare
654. **Cancioneiro** – Fernando Pessoa
655. **Non-Stop** – Martha Medeiros
656. **Carpinteiros, levantem bem alto a cumeeira & Seymour, uma apresentação** – J.D. Salinger
657. **Ensaios céticos** – Bertrand Russell
658. **O melhor de Hagar 5** – Dik e Chris Browne
659. **Primeiro amor** – Ivan Turguêniev
660. **A trégua** – Mario Benedetti
661. **Um parque de diversões da cabeça** – Lawrence Ferlinghetti
662. **Aprendendo a viver** – Sêneca
663. **Garfield, um gato em apuros (9)** – Jim Davis
664. **Dilbert (1)** – Scott Adams
665. **Dicionário de dificuldades** – Domingos Paschoal Cegalla
666. **A imaginação** – Jean-Paul Sartre
667. **O ladrão e os cães** – Naguib Mahfuz
668. **Gramática do português contemporâneo** – Celso Cunha
669. **A volta do parafuso** *seguido de* **Daisy Miller** – Henry James
670. **Notas do subsolo** – Dostoiévski
671. **Abobrinhas da Brasilônia** – Glauco
672. **Geraldão (3)** – Glauco
673. **Piadas para sempre (3)** – Visconde da Casa Verde
674. **Duas viagens ao Brasil** – Hans Staden
675. **Bandeira de bolso** – Manuel Bandeira
676. **A arte da guerra** – Maquiavel
677. **Além do bem e do mal** – Nietzsche
678. **O coronel Chabert** *seguido de* **A mulher abandonada** – Balzac
679. **O sorriso de marfim** – Ross Macdonald
680. **100 receitas de pescados** – Sílvio Lancellotti
681. **O juiz e seu carrasco** – Friedrich Dürrenmatt
682. **Noites brancas** – Dostoiévski
683. **Quadras ao gosto popular** – Fernando Pessoa
684. **Romanceiro da Inconfidência** – Cecília Meireles
685. **Kaos** – Millôr Fernandes
686. **A pele de onagro** – Balzac
687. **As ligações perigosas** – Choderlos de Laclos
688. **Dicionário de matemática** – Luiz Fernandes Cardoso
689. **Os Lusíadas** – Luís Vaz de Camões
690(11). **Átila** – Éric Deschodt
691. **Um jeito tranqüilo de matar** – Chester Himes
692. **A felicidade conjugal** *seguido de* **O diabo** – Tolstói
693. **Viagem de um naturalista ao redor do mundo** – vol. 1 – Charles Darwin
694. **Viagem de um naturalista ao redor do mundo** – vol. 2 – Charles Darwin
695. **Memórias da casa dos mortos** – Dostoiévski
696. **A Celestina** – Fernando de Rojas
697. **Snoopy: Como você é azarado, Charlie Brown! (6)** – Charles Schulz

698. **Dez (quase) amores** – Claudia Tajes
699(9). **Poirot sempre espera** – Agatha Christie
700. **Cecília de bolso** – Cecília Meireles
701. **Apologia de Sócrates** *precedido de* **Êutifron e** *seguido de* **Críton** – Platão
702. **Wood & Stock** – Angeli
703. **Striptiras (3)** – Laerte
704. **Discurso sobre a origem e os fundamentos da desigualdade entre os homens** – Rousseau
705. **Os duelistas** – Joseph Conrad
706. **Dilbert (2)** – Scott Adams
707. **Viver e escrever** (vol. 1) – Edla van Steen
708. **Viver e escrever** (vol. 2) – Edla van Steen
709. **Viver e escrever** (vol. 3) – Edla van Steen
710(10). **A teia da aranha** – Agatha Christie
711. **O banquete** – Platão
712. **Os belos e malditos** – F. Scott Fitzgerald
713. **Libelo contra a arte moderna** – Salvador Dalí
714. **Akropolis** – Valerio Massimo Manfredi
715. **Devoradores de mortos** – Michael Crichton
716. **Sob o sol da Toscana** – Frances Mayes
717. **Batom na cueca** – Nani
718. **Vida dura** – Claudia Tajes
719. **Carne trêmula** – Ruth Rendell
720. **Cris, a fera** – David Coimbra
721. **O anticristo** – Nietzsche
722. **Como um romance** – Daniel Pennac
723. **Emboscada no Forte Bragg** – Tom Wolfe
724. **Assédio sexual** – Michael Crichton
725. **O espírito do Zen** – Alan W. Watts
726. **Um bonde chamado desejo** – Tennessee Williams
727. **Como gostais** *seguido de* **Conto de inverno** – Shakespeare
728. **Tratado sobre a tolerância** – Voltaire
729. **Snoopy: Doces ou travessuras? (7)** – Charles Schulz
730. **Cardápios do Anonymus Gourmet** – J.A. Pinheiro Machado
731. **100 receitas com lata** – J.A. Pinheiro Machado
732. **Conhece o Mário?** vol.2 – Santiago
733. **Dilbert (3)** – Scott Adams
734. **História de um louco amor** *seguido de* **Passado amor** – Horacio Quiroga
735(11). **Sexo: muito prazer** – Laura Meyer da Silva
736(12). **Para entender o adolescente** – Dr. Ronald Pagnoncelli
737(13). **Desembarcando a tristeza** – Dr. Fernando Lucchese
738. **Poirot e o mistério da arca espanhola & outras histórias** – Agatha Christie
739. **A última legião** – Valerio Massimo Manfredi
740. **As virgens suicidas** – Jeffrey Eugenides
741. **Sol nascente** – Michael Crichton
742. **Duzentos ladrões** – Dalton Trevisan
743. **Os devaneios do caminhante solitário** – Rousseau
744. **Garfield, o rei da preguiça (10)** – Jim Davis
745. **Os magnatas** – Charles R. Morris
746. **Pulp** – Charles Bukowski
747. **Enquanto agonizo** – William Faulkner
748. **Aline: viciada em sexo (3)** – Adão Iturrusgarai
749. **A dama do cachorrinho** – Anton Tchékhov
750. **Tito Andrônico** – Shakespeare
751. **Antologia poética** – Anna Akhmátova
752. **O melhor de Hagar 6** – Dik e Chris Browne
753(12). **Michelangelo** – Nadine Sautel
754. **Dilbert (4)** – Scott Adams
755. **O jardim das cerejeiras** *seguido de* **Tio Vânia** – Tchékhov
756. **Geração Beat** – Claudio Willer
757. **Santos Dumont** – Alcy Cheuiche
758. **Budismo** – Claude B. Levenson
759. **Cleópatra** – Christian-Georges Schwentzel
760. **Revolução Francesa** – Frédéric Bluche, Stéphane Rials e Jean Tulard
761. **A crise de 1929** – Bernard Gazier
762. **Sigmund Freud** – Edson Sousa e Paulo Endo
763. **Império Romano** – Patrick Le Roux
764. **Cruzadas** – Cécile Morrisson
765. **O mistério do Trem Azul** – Agatha Christie
766. **Os escrúpulos de Maigret** – Simenon
767. **Maigret se diverte** – Simenon
768. **Senso comum** – Thomas Paine
769. **O parque dos dinossauros** – Michael Crichton
770. **Trilogia da paixão** – Goethe
771. **A simples arte de matar** (vol.1) – R. Chandler
772. **A simples arte de matar** (vol.2) – R. Chandler
773. **Snoopy: No mundo da lua! (8)** – Charles Schulz
774. **Os Quatro Grandes** – Agatha Christie
775. **Um brinde de cianureto** – Agatha Christie
776. **Súplicas atendidas** – Truman Capote
777. **Ainda restam aveleiras** – Simenon
778. **Maigret e o ladrão preguiçoso** – Simenon
779. **A viúva imortal** – Millôr Fernandes
780. **Cabala** – Roland Goetschel
781. **Capitalismo** – Claude Jessua
782. **Mitologia grega** – Pierre Grimal
783. **Economia: 100 palavras-chave** – Jean-Paul Betbèze
784. **Marxismo** – Henri Lefebvre
785. **Punição para a inocência** – Agatha Christie
786. **A extravagância do morto** – Agatha Christie
787(13). **Cézanne** – Bernard Fauconnier
788. **A identidade Bourne** – Robert Ludlum
789. **Da tranquilidade da alma** – Sêneca
790. **Um artista da fome** *seguido de* **Na colônia penal e outras histórias** – Kafka
791. **Histórias de fantasmas** – Charles Dickens
792. **A louca de Maigret** – Simenon
793. **O amigo de infância de Maigret** – Simenon
794. **O revólver de Maigret** – Simenon
795. **A fuga do sr. Monde** – Simenon
796. **O Uraguai** – Basílio da Gama
797. **A mão misteriosa** – Agatha Christie
798. **Testemunha ocular do crime** – Agatha Christie
799. **Crepúsculo dos ídolos** – Friedrich Nietzsche
800. **Maigret e o negociante de vinhos** – Simemon
801. **Maigret e o mendigo** – Simenon
802. **O grande golpe** – Dashiell Hammett
803. **Humor barra pesada** – Nani
804. **Vinho** – Jean-François Gautier
805. **Egito Antigo** – Sophie Desplancques
806(14). **Baudelaire** – Jean-Baptiste Baronian
807. **Caminho da sabedoria, caminho da paz** – Dalai Lama e Felizitas von Schönborn
808. **Senhor e servo e outras histórias** – Tolstói
809. **Os cadernos de Malte Laurids Brigge** – Rilke
810. **Dilbert (5)** – Scott Adams
811. **Big Sur** – Jack Kerouac
812. **Seguindo a correnteza** – Agatha Christie

813. **O álibi** – Sandra Brown
814. **Montanha-russa** – Martha Medeiros
815. **Coisas da vida** – Martha Medeiros
816. **A cantada infalível** *seguido de* **A mulher do centroavante** – David Coimbra
817. **Maigret e os crimes do cais** – Simenon
818. **Sinal vermelho** – Simenon
819. **Snoopy: Pausa para a soneca (9)** – Charles Schulz
820. **De pernas pro ar** – Eduardo Galeano
821. **Tragédias gregas** – Pascal Thiercy
822. **Existencialismo** – Jacques Colette
823. **Nietzsche** – Jean Granier
824. **Amar ou depender?** – Walter Riso
825. **Darmapada: A doutrina budista em versos**
826. **J'Accuse...! – a verdade em marcha** – Zola
827. **Os crimes ABC** – Agatha Christie
828. **Um gato entre os pombos** – Agatha Christie
829. **Maigret e o sumiço do sr. Charles** – Simenon
830. **Maigret e a morte do jogador** – Simenon
831. **Dicionário de teatro** – Luiz Paulo Vasconcellos
832. **Cartas extraviadas** – Martha Medeiros
833. **A longa viagem de prazer** – J. J. Morosoli
834. **Receitas fáceis** – J. A. Pinheiro Machado
835. (14).**Mais fatos & mitos** – Dr. Fernando Lucchese
836. (15).**Boa viagem!** – Dr. Fernando Lucchese
837. **Aline: Finalmente nua!!! (4)** – Adão Iturrusgarai
838. **Mônica tem uma novidade!** – Mauricio de Sousa
839. **Cebolinha em apuros!** – Mauricio de Sousa
840. **Sócios no crime** – Agatha Christie
841. **Bocas do tempo** – Eduardo Galeano
842. **Orgulho e preconceito** – Jane Austen
843. **Impressionismo** – Dominique Lobstein
844. **Escrita chinesa** – Viviane Alleton
845. **Paris: uma história** – Yvan Combeau
846. (15).**Van Gogh** – David Haziot
847. **Maigret e o corpo sem cabeça** – Simenon
848. **Portal do destino** – Agatha Christie
849. **O futuro de uma ilusão** – Freud
850. **O mal-estar na cultura** – Freud
851. **Maigret e o matador** – Simenon
852. **Maigret e o fantasma** – Simenon
853. **Um crime adormecido** – Agatha Christie
854. **Satori em Paris** – Jack Kerouac
855. **Medo e delírio em Las Vegas** – Hunter Thompson
856. **Um negócio fracassado e outros contos de humor** – Tchékhov
857. **Mônica está de férias!** – Mauricio de Sousa
858. **De quem é esse coelho?** – Mauricio de Sousa
859. **O burgomestre de Furnes** – Simenon
860. **O mistério Sittaford** – Agatha Christie
861. **Manhã transfigurada** – L. A. de Assis Brasil
862. **Alexandre, o Grande** – Pierre Briant
863. **Jesus** – Charles Perrot
864. **Islã** – Paul Balta
865. **Guerra da Secessão** – Farid Ameur
866. **Um rio que vem da Grécia** – Cláudio Moreno
867. **Maigret e os colegas americanos** – Simenon
868. **Assassinato na casa do pastor** – Agatha Christie
869. **Manual do líder** – Napoleão Bonaparte
870. (16).**Billie Holiday** – Sylvia Fol
871. **Bidu arrasando!** – Mauricio de Sousa
872. **Desventuras em família** – Mauricio de Sousa
873. **Liberty Bar** – Simenon
874. **E no final a morte** – Agatha Christie
875. **Guia prático do Português correto – vol. 4** – Cláudio Moreno
876. **Dilbert (6)** – Scott Adams
877. (17).**Leonardo da Vinci** – Sophie Chauveau
878. **Bella Toscana** – Frances Mayes
879. **A arte da ficção** – David Lodge
880. **Striptiras (4)** – Laerte
881. **Skrotinhos** – Angeli
882. **Depois do funeral** – Agatha Christie
883. **Radicci 7** – Iotti
884. **Walden** – H. D. Thoreau
885. **Lincoln** – Allen C. Guelzo
886. **Primeira Guerra Mundial** – Michael Howard
887. **A linha de sombra** – Joseph Conrad
888. **O amor é um cão dos diabos** – Bukowski
889. **Maigret sai em viagem** – Simenon
890. **Despertar: uma vida de Buda** – Jack Kerouac
891. (18).**Albert Einstein** – Laurent Seksik
892. **Hell's Angels** – Hunter Thompson
893. **Ausência na primavera** – Agatha Christie
894. **Dilbert (7)** – Scott Adams
895. **Ao sul de lugar nenhum** – Bukowski
896. **Maquiavel** – Quentin Skinner
897. **Sócrates** – C.C.W. Taylor
898. **A casa do canal** – Simenon
899. **O Natal de Poirot** – Agatha Christie
900. **As veias abertas da América Latina** – Eduardo Galeano
901. **Snoopy: Sempre alerta! (10)** – Charles Schulz
902. **Chico Bento: Plantando confusão** – Mauricio de Sousa
903. **Penadinho: Quem é morto sempre aparece** – Mauricio de Sousa
904. **A vida sexual da mulher feia** – Claudia Tajes
905. **100 segredos de liquidificador** – José Antonio Pinheiro Machado
906. **Sexo muito prazer 2** – Laura Meyer da Silva
907. **Os nascimentos** – Eduardo Galeano
908. **As caras e as máscaras** – Eduardo Galeano
909. **O século do vento** – Eduardo Galeano
910. **Poirot perde uma cliente** – Agatha Christie
911. **Cérebro** – Michael O'Shea
912. **O escaravelho de ouro e outras histórias** – Edgar Allan Poe
913. **Piadas para sempre (4)** – Visconde da Casa Verde
914. **100 receitas de massas light** – Helena Tonetto
915. (19).**Oscar Wilde** – Daniel Salvatore Schiffer
916. **Uma breve história do mundo** – H. G. Wells
917. **A Casa do Penhasco** – Agatha Christie
918. **Maigret e o finado sr. Gallet** – Simenon
919. **John M. Keynes** – Bernard Gazier
920. (20).**Virginia Woolf** – Alexandra Lemasson
921. **Peter e Wendy** *seguido de* **Peter Pan em Kensington Gardens** – J. M. Barrie
922. **Aline: numas de colegial (5)** – Adão Iturrusgarai
923. **Uma dose mortal** – Agatha Christie
924. **Os trabalhos de Hércules** – Agatha Christie
925. **Maigret na escola** – Simenon
926. **Kant** – Roger Scruton
927. **A inocência do Padre Brown** – G.K. Chesterton
928. **Casa Velha** – Machado de Assis
929. **Marcas de nascença** – Nancy Huston
930. **Aulete de bolso**
931. **Hora Zero** – Agatha Christie

1044. **O corno de si mesmo & outras historietas** – Marquês de Sade
1045. **Da felicidade** *seguido de* **Da vida retirada** – Sêneca
1046. **O horror em Red Hook e outras histórias** – H. P. Lovecraft
1047. **Noite em claro** – Martha Medeiros
1048. **Poemas clássicos chineses** – Li Bai, Du Fu e Wang Wei
1049. **A terceira moça** – Agatha Christie
1050. **Um destino ignorado** – Agatha Christie
1051. (26).**Buda** – Sophie Royer
1052. **Guerra Fria** – Robert J. McMahon
1053. **Simons's Cat: as aventuras de um gato travesso e comilão – vol. 1** – Simon Tofield
1054. **Simons's Cat: as aventuras de um gato travesso e comilão – vol. 2** – Simon Tofield
1055. **Só as mulheres e as baratas sobreviverão** – Claudia Tajes
1056. **Maigret e o ministro** – Simenon
1057. **Pré-história** – Chris Gosden
1058. **Pintou sujeira!** – Mauricio de Sousa
1059. **Contos de Mamãe Gansa** – Charles Perrault
1060. **A interpretação dos sonhos: vol. 1** – Freud
1061. **A interpretação dos sonhos: vol. 2** – Freud
1062. **Frufru Rataplã Dolores** – Dalton Trevisan
1063. **As melhores histórias da mitologia egípcia** – Carmem Seganfredo e A.S. Franchini
1064. **Infância. Adolescência. Juventude** – Tolstói
1065. **As consolações da filosofia** – Alain de Botton
1066. **Diários de Jack Kerouac – 1947-1954**
1067. **Revolução Francesa – vol. 1** – Max Gallo
1068. **Revolução Francesa – vol. 2** – Max Gallo
1069. **O detetive Parker Pyne** – Agatha Christie
1070. **Memórias do esquecimento** – Flávio Tavares
1071. **Drogas** – Leslie Iversen
1072. **Manual de ecologia (vol.2)** – J. Lutzenberger
1073. **Como andar no labirinto** – Affonso Romano de Sant'Anna
1074. **A orquídea e o serial killer** – Juremir Machado da Silva
1075. **Amor nos tempos de fúria** – Lawrence Ferlinghetti
1076. **A aventura do pudim de Natal** – Agatha Christie
1077. **Maigret no Picratt's** – Simenon
1078. **Amores que matam** – Patricia Faur
1079. **Histórias de pescador** – Mauricio de Sousa
1080. **Pedaços de um caderno manchado de vinho** – Bukowski
1081. **A ferro e fogo: tempo de solidão (vol.1)** – Josué Guimarães
1082. **A ferro e fogo: tempo de guerra (vol.2)** – Josué Guimarães
1083. **Carta a meu juiz** – Simenon
1084. (17).**Desembarcando o Alzheimer** – Dr. Fernando Lucchese e Dra. Ana Hartmann
1085. **A maldição do espelho** – Agatha Christie
1086. **Uma breve história da filosofia** – Nigel Warburton
1087. **Uma confidência de Maigret** – Simenon
1088. **Heróis da História** – Will Durant
1089. **Concerto campestre** – L. A. de Assis Brasil
1090. **Morte nas nuvens** – Agatha Christie
1091. **Maigret no tribunal** – Simenon
1092. **Aventura em Bagdá** – Agatha Christie
1093. **O cavalo amarelo** – Agatha Christie
1094. **O método de interpretação dos sonhos** – Freud
1095. **Sonetos de amor e desamor** – Vários
1096. **120 tirinhas do Dilbert** – Scott Adams
1097. **124 fábulas de Esopo**
1098. **O curioso caso de Benjamin Button** – F. Scott Fitzgerald
1099. **Piadas para sempre: uma antologia para morrer de rir** – Visconde da Casa Verde
1100. **Hamlet (Mangá)** – Shakespeare
1101. **A arte da guerra (Mangá)** – Sun Tzu
1102. **Maigret na pensão** – Simenon
1103. **Meu amigo Maigret** – Simenon
1104. **As melhores histórias da Bíblia (vol.1)** – A. S. Franchini e Carmen Seganfredo
1105. **As melhores histórias da Bíblia (vol.2)** – A. S. Franchini e Carmen Seganfredo
1106. **Psicologia das massas e análise do eu** – Freud
1107. **Guerra Civil Espanhola** – Helen Graham
1108. **A autoestrada do sul e outras histórias** – Julio Cortázar
1109. **O mistério dos sete relógios** – Agatha Christie
1110. **Peanuts: Ninguém gosta de mim... (amor)** – Charles Schulz
1111. **Cadê o bolo?** – Mauricio de Sousa
1112. **O filósofo ignorante** – Voltaire
1113. **Totem e tabu** – Freud
1114. **Filosofia pré-socrática** – Catherine Osborne
1115. **Desejo de status** – Alain de Botton
1116. **Maigret e o informante** – Simenon
1117. **Peanuts: 120 tirinhas** – Charles Schulz
1118. **Passageiro para Frankfurt** – Agatha Christie
1119. **Maigret se irrita** – Simenon
1120. **Kill All Enemies** – Melvin Burgess
1121. **A morte da sra. McGinty** – Agatha Christie
1122. **Revolução Russa** – S. A. Smith
1123. **Até você, Capitu?** – Dalton Trevisan
1124. **O grande Gatsby (Mangá)** – F. S. Fitzgerald
1125. **Assim falou Zaratustra (Mangá)** – Nietzsche
1126. **Peanuts: É para isso que servem os amigos (amizade)** – Charles Schulz
1127. (27).**Nietzsche** – Dorian Astor
1128. **Bidu: Hora do banho** – Mauricio de Sousa
1129. **O melhor do Macanudo Taurino** – Santiago
1130. **Radicci 30 anos** – Iotti
1131. **Show de sabores** – J.A. Pinheiro Machado
1132. **O prazer das palavras** – vol. 3 – Cláudio Moreno
1133. **Morte na praia** – Agatha Christie
1134. **O fardo** – Agatha Christie
1135. **Manifesto do Partido Comunista (Mangá)** – Marx & Engels
1136. **A metamorfose (Mangá)** – Franz Kafka
1137. **Por que você não se casou... ainda** – Tracy McMillan
1138. **Textos autobiográficos** – Bukowski
1139. **A importância de ser prudente** – Oscar Wilde
1140. **Sobre a vontade na natureza** – Arthur Schopenhauer
1141. **Dilbert (8)** – Scott Adams
1142. **Entre dois amores** – Agatha Christie
1143. **Cipreste triste** – Agatha Christie

932. **Morte na Mesopotâmia** – Agatha Christie
933. **Um crime na Holanda** – Simenon
934. **Nem te conto, João** – Dalton Trevisan
935. **As aventuras de Huckleberry Finn** – Mark Twain
936.(21).**Marilyn Monroe** – Anne Plantagenet
937. **China moderna** – Rana Mitter
938. **Dinossauros** – David Norman
939. **Louca por homem** – Claudia Tajes
940. **Amores de alto risco** – Walter Riso
941. **Jogo de damas** – David Coimbra
942. **Filha é filha** – Agatha Christie
943. **M ou N?** – Agatha Christie
944. **Maigret se defende** – Simenon
945. **Bidu: diversão em dobro!** – Mauricio de Sousa
946. **Fogo** – Anaïs Nin
947. **Rum: diário de um jornalista bêbado** – Hunter Thompson
948. **Persuasão** – Jane Austen
949. **Lágrimas na chuva** – Sergio Faraco
950. **Mulheres** – Bukowski
951. **Um pressentimento funesto** – Agatha Christie
952. **Cartas na mesa** – Agatha Christie
953. **Maigret em Vichy** – Simenon
954. **O lobo do mar** – Jack London
955. **Os gatos** – Patricia Highsmith
956.(22).**Jesus** – Christiane Rancé
957. **História da medicina** – William Bynum
958. **O Morro dos Ventos Uivantes** – Emily Brontë
959. **A filosofia na era trágica dos gregos** – Nietzsche
960. **Os treze problemas** – Agatha Christie
961. **A massagista japonesa** – Moacyr Scliar
962. **A taberna dos dois tostões** – Simenon
963. **Humor do miserê** – Nani
964. **Todo o mundo tem dúvida, inclusive você** – Édison de Oliveira
965. **A dama do Bar Nevada** – Sergio Faraco
966. **O Smurf Repórter** – Peyo
967. **O Bebê Smurf** – Peyo
968. **Maigret e os flamengos** – Simenon
969. **O psicopata americano** – Bret Easton Ellis
970. **Ensaios de amor** – Alain de Botton
971. **O grande Gatsby** – F. Scott Fitzgerald
972. **Por que não sou cristão** – Bertrand Russell
973. **A Casa Torta** – Agatha Christie
974. **Encontro com a morte** – Agatha Christie
975.(23).**Rimbaud** – Jean-Baptiste Baronian
976. **Cartas na rua** – Bukowski
977. **Memória** – Jonathan K. Foster
978. **A abadia de Northanger** – Jane Austen
979. **As pernas de Úrsula** – Claudia Tajes
980. **Retrato inacabado** – Agatha Christie
981. **Solanin (1)** – Inio Asano
982. **Solanin (2)** – Inio Asano
983. **Aventuras de menino** – Mitsuru Adachi
984.(16).**Fatos & mitos sobre sua alimentação** – Dr. Fernando Lucchese
985. **Teoria quântica** – John Polkinghorne
986. **O eterno marido** – Fiódor Dostoiévski
987. **Um safado em Dublin** – J. P. Donleavy
988. **Mirinha** – Dalton Trevisan
989. **Akhenaton e Nefertiti** – Carmen Seganfredo e A. S. Franchini
990. **On the Road – o manuscrito original** – Jack Kerouac
991. **Relatividade** – Russell Stannard
992. **Abaixo de zero** – Bret Easton Ellis
993.(24).**Andy Warhol** – Mériam Korichi
994. **Maigret** – Simenon
995. **Os últimos casos de Miss Marple** – Agatha Christie
996. **Nico Demo** – Mauricio de Sousa
997. **Maigret e a mulher do ladrão** – Simenon
998. **Rousseau** – Robert Wokler
999. **Noite sem fim** – Agatha Christie
1000. **Diários de Andy Warhol (1)** – Editado por Pat Hackett
1001. **Diários de Andy Warhol (2)** – Editado por Pat Hackett
1002. **Cartier-Bresson: o olhar do século** – Pierre Assouline
1003. **As melhores histórias da mitologia: vol. 1** – A.S. Franchini e Carmen Seganfredo
1004. **As melhores histórias da mitologia: vol. 2** – A.S. Franchini e Carmen Seganfredo
1005. **Assassinato no beco** – Agatha Christie
1006. **Convite para um homicídio** – Agatha Christie
1007. **Um fracasso de Maigret** – Simenon
1008. **História da vida** – Michael J. Benton
1009. **Jung** – Anthony Stevens
1010. **Arsène Lupin, ladrão de casaca** – Maurice Leblanc
1011. **Dublinenses** – James Joyce
1012. **120 tirinhas da Turma da Mônica** – Mauricio de Sousa
1013. **Antologia poética** – Fernando Pessoa
1014. **A aventura de um cliente ilustre** *seguido de* **O último adeus de Sherlock Holmes** – Sir Arthur Conan Doyle
1015. **Cenas de Nova York** – Jack Kerouac
1016. **A corista** – Anton Tchékhov
1017. **O diabo** – Leon Tolstói
1018. **Fábulas chinesas** – Sérgio Capparelli e Márcia Schmaltz
1019. **O gato do Brasil** – Sir Arthur Conan Doyle
1020. **Missa do Galo** – Machado de Assis
1021. **O mistério de Marie Rogêt** – Edgar Allan Poe
1022. **A mulher mais linda da cidade** – Bukowski
1023. **O retrato** – Nicolai Gogol
1024. **O conflito** – Agatha Christie
1025. **Os primeiros casos de Poirot** – Agatha Christie
1026. **Maigret e o cliente de sábado** – Simenon
1027.(25).**Beethoven** – Bernard Fauconnier
1028. **Platão** – Julia Annas
1029. **Cleo e Daniel** – Roberto Freire
1030. **Til** – José de Alencar
1031. **Viagens na minha terra** – Almeida Garrett
1032. **Profissões para mulheres e outros artigos feministas** – Virginia Woolf
1033. **Mrs. Dalloway** – Virginia Woolf
1034. **O cão da morte** – Agatha Christie
1035. **Tragédia em três atos** – Agatha Christie
1036. **Maigret hesita** – Simenon
1037. **O fantasma da Ópera** – Gaston Leroux
1038. **Evolução** – Brian e Deborah Charlesworth
1039. **Medida por medida** – Shakespeare
1040. **Razão e sentimento** – Jane Austen
1041. **A obra-prima ignorada** *seguido de* **Um episódio durante o Terror** – Balzac
1042. **A fugitiva** – Anaïs Nin
1043. **As grandes histórias da mitologia greco--romana** – A. S. Franchini